為美好的世界獻上祝福！

繞道而行！

YORIMICHI!

暁なつめ

illustration 三嶋くろね

Kadokawa Fantastic Novels

Character
阿克婭
職業 大祭司
任誰都無法控制的水之女神。專長是宴會才藝。
和真
職業 冒險者
尼特主角。優點在於幸運值之高。
達克妮絲
職業 十字騎士
專司防禦的受虐狂女騎士。其實是大貴族家的千金。
惠惠
職業 大法師
紅魔族首屈一指的天才。只對爆裂魔法有興趣。
點仔
克莉絲
銀髮盜賊團的頭目。達克妮絲的摯友。
巴尼爾
年齡不詳的大惡魔。在維茲的店裡幫忙。
維茲
在阿克塞爾經營魔道具店的老闆。是個和平主義者卻也是巫妖。

阿克塞爾的大祭司

1

以右手在下的姿勢躺在沙發上，望著暖爐的火焰發呆，不知不覺間已經虛度了半天以上的我……

「吶，妳從剛才開始到底在看什麼奇怪的地方啊？該不會是因為春天快到了就發情了吧？不要一直凝視別人的胯下好嗎？」

我對著同樣占據了暖爐前的位置，從剛才開始就反覆做出可疑舉動的阿克婭這麼說。

她一下子對著暖爐說話，一下子像是在驅趕什麼東西似的揮手，怪異的舉止比平常還要引人側目。

「你再說那種蠢話小心我揍飛你喔。我不是說過有個貴族的私生女變成幽靈住在這間豪宅裡嗎？她今天好像鬧到發慌，舉止比平常還要奇怪。」

阿克婭一邊這麼說，一邊帶著複雜的表情目不轉睛地看著我的胯下。

「妳又在說那種話了嗎？想嚇唬我們可沒那麼簡單喔……順便問一下，那孩子現在在做什麼？我並不是因為會怕還是好奇才問的喔……」

坐在地毯上打磨水晶球的惠惠帶著懷疑的態度說道。

「她活用幽靈能夠穿透物體的特性，從和真的胯下探頭出來扮鬼臉。」

「喂，雖然我覺得妳是在開玩笑，不過還是叫她別這樣好嗎？我不覺得妳說的那個什麼幽靈少女真的存在，但她為什麼老是做些莫名其妙的事情啊？」

「那個問題我才想問咧。明明感覺不到熱度和痛楚，卻帶著苦悶的表情在熊熊燃燒的暖爐裡面打滾，或是在桌子上裝死，從剛才開始就一直為了嚇我而多方嘗試。」

如果真有那麼搞笑的幽靈，我還真想和她聊聊看。

這時，坐在椅子上看著艱澀的書，喝著熱牛奶的達克妮絲開了口。

「對了，冒險者公會寄了一封信給阿克婭。聽說是某個貴族有工作想委託妳的樣子。好像是指定要找這個鎮上唯一一個大祭司的委託。」

說完，她遞出一封信給阿克婭。

「是喔？貴族委託的工作聽起來就讓人覺得報酬應該不錯。為了還債也該試著接下來再說吧。」

「不要。」

阿克婭以手指彈開遞給她的那封信，斷然拒絕。

「……姑且問一下妳拒絕的理由可以嗎？」

「那還用說，當然是因為很冷啊。冬天還做什麼工作啊，又不是傻了。」

見阿克婭對我露出一臉傻眼的表情，我忍不住從沙發上跳起來。

「妳這傢伙別鬧了喔，接來要在冬天做的家庭代工妳也沒做，還敢說這種話！如果妳不想接那個委託也不准遊手好閒，趕快繼續做製作皮囊的家庭代工！」

「不要，我已經做膩了！為什麼本小姐非得日復一日，而且每天都拿著針線刺啊刺地縫製皮囊啊！要我做的話你也該做家庭代工吧！就連年紀最小的惠惠都接了把水晶塊磨成水晶球的工作回來做耶！」

這個傢伙！

「白痴！身為夜貓子的我每天晚上都在做高時薪的監視大門的工作好嗎！別把我和那個手腳笨拙到沒辦法打任何零工、一無是處的達克妮絲混為一談！」

「啊！慢、慢著和真，你那個夜班工作分明是我去攀關係要來的耶！這樣還說我一無是處讓我無法接受！」

在被流彈打到的達克妮絲弄掉了手上的書還大呼小叫之際，阿克婭自信十足地哼笑。

「那就找個能活用我的特性的工作啊！我是大祭司！是上級職業大祭司！你這個最弱職業的冒險者和一無是處的十字騎士也就算了，我可是高貴的大祭司好嗎！」

「連阿克婭都這麼說！」

沒理會隨口胡謅的阿克婭，我指著默默地一直打磨水晶球的惠惠說。

「妳也稍微學一下那傢伙吧！現在這座豪宅裡，有在辛勤工作的只有我和惠惠兩個人耶！就連平常沒耐性的惠惠也一直從事那麼單調的工作……」

「完成了！你們看這完美的光芒！我的成品真是晶亮無比！」

這時，惠惠打斷了我的發言，緊緊抱著打磨完成的水晶球大聲說道。

——然後高高舉起了水晶球。

「唔啊啊啊啊啊啊啊啊啊——！」

惠惠毫不猶豫地將她剛完成的水晶球丟進暖爐裡面。

應該能換到不少錢的水晶球理所當然地在暖爐裡分崩離析了。

「妳這傢伙沒頭沒腦的搞什麼啊！」

正當我因為這突如其來的怪異舉動而退避三舍時，惠惠一臉滿足地喘了口氣。

「呼，舒暢多了。冬天因為沒辦法出去外面很容易累積壓力，這樣應該可以撐一陣子了吧……你們那是什麼表情啊，怎麼了嗎？」

「不、不是，妳為什麼要摔破水晶球啊？妳接的臨時工，是用砂紙打磨水晶塊，製作水晶球的工作對吧？」

「喔，我這個並不是為了錢而接的，只是想說打磨出光滑又晶亮的水晶球之後再摔破不知道會有多暢快，所以才接了而已……我得向冒險者公會報告任務失敗，還得支付水晶塊的賠償金才行。和真，借我錢。」

「好啊，把妳那根破爛法杖交出來，我拿去武器店賣掉好貼補賠償金。」

大概是對那根法杖有點感情吧，惠惠抱著法杖進入防禦態勢，而我一點一點逼近她，這時，因為有人一樣曠工而鬆了口氣的阿克婭說了。

「看來這件事情就此結束了吧。再說，如果你以為我每天不工作只是在家裡打混可就大錯特錯了喔。天氣好的時候我會上街閒晃，可不是在玩耍。我發現迷途的靈體就會聽他們傾訴，引導他們自主升天呢！」

面對帶著一臉跩樣如此宣言的阿克婭，剛才都在看信的達克妮絲把她手上的信紙塞到阿克婭眼前。

「這樣啊，那真是太好了呢，阿克婭。這次的指名委託好像就是要驅除妳所說的迷途靈體呢。」

「……吶，達克妮絲，我為我剛才說妳是一無是處的十字騎士道歉，至少把這件事延到明天好不好？」

2

隔天早上，我們準備前往發出委託的貴族的宅邸。

那個貴族的家世好像不太顯赫，宅邸本身好像也在城鎮的郊外。

「吶，你們大家為什麼都跟來了啊？那麼不想離開我嗎？」

「因為我們覺得讓妳一個人去的話肯定會闖出什麼禍來。」

走在因為冬天而人煙稀少的道路上，我們正前往貴族的家。

「因為對方是高高在上的貴族嘛。要是讓沒禮貌的阿克婭一個人去的話，有很高的機率會腦袋搬家吧。」

「惠惠把我當成什麼啦？再怎麼說，我的禮儀和規矩都很完美好嗎？」

「對方是川尚美家，位階不高，卻是歷史悠久的正統貴族。阿克婭自然不在話下，和真和惠惠也要乖乖的喔。大家千萬不可以做出無禮的舉動。」

達克妮絲像這樣給了我們忠告，好像只有她一個最懂得禮儀和規矩似的。

「……妳一副自己一定沒問題的樣子，我看妳才該小心別說沒禮貌的話吧。因為妳偶爾就會冒出高高在上的騎士語氣。因為職業是十字騎士就想擺騎士架子這我可以理解，不過妳今天要安分一點喔。」

「什！我可是……！」

「話說回來，妳平常那麼欠缺常識，對貴族倒是莫名地熟悉嘛。」

達克妮絲原本還有話想說，但一聽見我這麼接著說，視線立刻飄忽不定了起來。

「這、這個，該怎麼說呢，應該說是家父的工作讓我有機會知道貴族的名字，也可以說是剛好知道吧……」

這傢伙的老爸該不會是貴族的專屬商人之類的吧？

在我還有點在意整個人舉止變得可疑的達克妮絲時，我們總算抵達目的地的宅邸了。

大門前面站著兩名守衛。

其中一名對我們開口。

「嗯……你們是什麼人？來到這個宅邸有何貴幹？」

面對一臉凶神惡煞的守衛，有點害怕的我斟酌著遣詞用字說明來意。

「啊，是的！呃……我們是經過冒險者公會介紹，接了除靈的委託前來的……」

「「喔喔！」」

聽我這麼說，兩名守衛喜形於色，放聲驚呼。

「幾、幾位稍候！」

守衛們急忙衝進宅邸，我們只能歪著頭目送他們。

——不久後，回到我們面前的守衛帶我們來到豪華奢侈的會客室。

真想槓走一個看起來就很貴的擺飾回家，對還債應該不無小補吧。

這時，被留在會客室的沙發上等候的我們面前出現了一位年紀和我們相去不遠的微胖青年，一露面便彷彿打量般地直盯著我們。

這位青年就是委託人——川尚美家的宗主吧。

「我是川尚美．露索．亞伯拉罕。你們就是接受委託的……」

青年介紹到一半不經意地看向達克妮絲，隨即瞪大了眼睛。

「竟有此事……！這次麻煩您遠道前來寒舍，真是非常過意不去。不，我確實聽說過您在當冒險者，但沒想到達斯堤尼……」

「啊啊啊啊啊——初次見面很榮幸能夠見到您川尚美先生！我只是一介冒險者職業是十字騎士，名叫達克妮絲啊啊啊！」

達克妮絲沒頭沒腦地打斷了委託人的發言，突然毫無脈絡地開始大聲自我介紹，我只好連忙拉倒她。

「妳忽然來這套是什麼意思啊！叫我們不要做出無禮舉動的不就是妳自己嗎！」

「這這、這是因為……！其中是有緣由的……！」

我一邊壓著她的脖子一邊如此耳語，達克妮絲則是哭喪著臉回嘴。

看著這樣的我們，委託人也沒生氣，只是愣了半晌……

「啊、啊啊，確實是初次見面的，達……克妮絲……小姐。啊啊，你們也無須那麼拘謹，放輕鬆一點沒關係！所以快放開達克妮絲小姐吧！」

沒想到他似乎是庶民派貴族，看見我們的行動眉頭連一下都沒皺，連忙對我們這麼說。

「這樣啊？非常抱歉，這傢伙的本性並不壞，只是該怎麼說呢，偶爾會做出引人側目的怪異舉動……喂，達克妮絲！向川尚美大人好好低頭謝罪！」

「……我、我一介庶民突然對川尚美大人多有冒犯……」

「沒關係！不用道歉，更不需要對我使用敬語！也無須叫我大人，直接叫名字稱呼我為亞伯拉罕就可以了！」

剛進來的時候我原本還覺得他一副瞧不起我們的樣子，結果聊了幾句就發現沒那回事，他是個胸襟廣闊的好青年。

我稍微向上修正了一下對貴族的印象後，決定正式自我介紹。

「那麼，我們先自我介紹。我是冒險者，名叫佐藤和真，這位是紅魔族的大法師惠惠，然後……」

在惠惠點頭行禮時，剛才默默看著一連串發展的阿克婭說：

「我就是接下這次委託的大祭司阿克婭大人喔，亞伯拉罕。」

「妳為什麼態度那麼高高在上啊，還雙手抱胸咧，給我低頭行禮！還有就算人家說不需要用敬語好歹也加個先生吧！」

儘管因為阿克婭的發言而顯得表情僵硬……

「啊、啊啊，沒關係，直呼名諱也無所謂……所以，麻煩達克妮絲小姐也直接用名字稱呼我……」

亞伯拉罕依然這麼說，不知為何還對達克妮絲陪笑臉。

3

「我怎麼想，都只覺得有惡靈或類似的東西纏上了這座宅邸。」

我們聽了委託內容，根據亞伯拉罕表示，似乎是這麼回事。

最近這一陣子，宅邸裡發生了許許多多的現象。

比方說，住在宅邸裡的女僕的衣櫥全都被打開，裡面的東西也都被亂翻過。

比方說，住在宅邸裡的女僕在浴室洗頭的時候會感覺到不知從何而來的視線。

「……感覺純粹只是住在這座宅邸裡的某人在性騷擾吧。」

「並、並不是！住在這座宅邸裡面工作的人，除了我以外全都是女性！當然我也沒有做出那種事情！應該說就是因為這樣，女僕們顯然都在懷疑我！」

亞伯拉罕拚命這麼澄清。

而達克妮絲對這樣的亞伯拉罕說：

「不過，光是這樣也不能說是惡靈搞的鬼吧。亞伯拉罕先生為什麼會覺得是幽靈做出來的呢？」

「這、這個嘛……因為，我不時會聽見說話聲。是一個其他傭人們都聽不見，只有我聽得見的說話聲……」

「別除靈了，那種症狀我一律建議去看醫生。」

「夠了，惠惠！非常抱歉，亞伯拉罕先生！」

「不、不會……別人會這麼想也是無可奈何的事，請抬起頭來吧，達克妮絲小姐……」

說著，亞伯拉罕露出僵硬的笑容，似乎在忍耐著什麼。

話說回來，會聽見說話聲是吧。

正當大家還在苦思的時候。

「我看見了！確實有靈體棲息在這座宅邸裡面！」

剛才還無所事事地啃著茶點的阿克婭突然說出這種話來。

「是、是真的嗎，大祭司小姐！」

「叫我阿克婭大人喔，你這個無禮之徒。當然是真的，確實有靈體住在這裡。不過，他並不是惡靈。」

「亞伯拉罕先生，真的非常抱歉！阿克婭，注意一下妳的遣詞用字！」

在因為阿克婭的發言而抽搐著嘴角的同時，亞伯拉罕仍帶著死魚眼對達克妮絲陪笑說沒關係。

「你的爸爸好像最近才因為吃瓊脂史萊姆時噎到而過世對吧。然後你就因此繼承了宗主之位，是不是？」

「妳、妳怎麼會知道！」

剛才還用一種像在看待冒牌靈媒的眼神看著阿克婭的亞伯拉罕驚叫出聲，瞪大了眼睛。

「還好啦，到了我這個水準，那點小事當然看得出來。迷途的靈體的真面目就是你的爸爸，川尚美・露索・匹克爾斯。興趣是彈吉他和整理庭院，喜歡的東西是陳釀十一年的粉紅尼祿依德。」

「連這種事都看得出來嗎！」

不同於剛才，亞伯拉罕以尊敬的眼神看著阿克婭。

「……他說，在因為瓊脂史萊姆而喪命之日的前一天，最後和你一起喝粉紅尼祿依德是最棒的美酒。」

「父、父親大人啊啊啊啊啊啊！」

亞伯拉罕如此吶喊，同時熱淚盈眶，掩面癱坐在地上。

「阿克婭為什麼連那種芝麻綠豆大的小事都知道啊？不過，從委託人的反應看來，她好像又沒說錯……」

「吶，我覺得這件事情非常可疑耶，妳覺得交給那傢伙真的沒問題嗎？」

「沒、沒問題吧……我是很想這麼覺得啦……」

——在亞伯拉罕哭夠了以後，我們正式開始討論委託內容。

「原本以為是惡靈，沒想到居然是父親大人……當初的委託內容原本預計是以淨化魔法驅除惡靈，但我想變更內容。為了讓家父可以放下眷戀安心升天，希望妳能當我的顧問。」

阿克婭表示，只要能夠斷絕本人對現世的依戀，不需要淨化魔法也能讓他升天。

換句話說，亞伯拉罕的老爸還有什麼未了之事。

「這個嘛，要我接下這個委託是可以啦，但你不希望我透過魔法淨化的話，我能做的事頂多就只有口譯了喔。」

「這樣就行了！家父的心願由我來實現！」

看來事情已經談妥了。

在知道她能靈視之後，亞伯拉罕對阿克婭的態度也截然不同，如今對她充滿尊敬。

這樣的話，剩下的事情交給阿克婭一個人也沒關係……

「首先是第一個心願……和真，你現在立刻去買粉紅尼祿依德回來。」

「啥！」

這傢伙沒前沒後的在說什麼啊？

「妳別鬧了喔，為什麼非要我去買不可啊。應該說幽靈才喝不了酒吧。」

「你在說什麼啊，即使是幽靈，只要卯足了勁也能稍微吃吃喝喝的好嗎？你沒聽說過騷靈現象嗎？那也是卯足了勁才讓餐具之類的東西飛起來的喔。他說最好是具有紀念價值的十一年陳釀粉紅尼祿依德。」

亞伯拉罕看著我做出拜託的動作。

這是叫我去買的意思吧。

「真拿你們沒辦法。委託的報酬要平分喔？」

我心不甘情不願地跑腿去了。

4

應要求買了粉紅尼祿依德回來的我不禁喃喃自語。

「——為什麼會變成這種情況？」

呈現在我面前的情況，是放在會客室沙發上的布偶熊在女僕們的簇擁之下被呵護得無微不至的樣子。

「哎呀，和真，你回來啦。粉紅尼祿依德放在那邊的桌子上就可以了。」

布偶旁邊的是自以為在擔任口譯員的阿克婭，她正在吃放在桌子上的水果。

在我還一臉茫然的時候，惠惠靠過來為我說明。

「聽說川尚美家的上一代宗主，匹克爾斯先生附在那個布偶上面。然後，這個狀況似乎是匹克爾斯先生的心願……」

我再次看向布偶，只見女僕們一個輪一個緊緊抱住那個動也不動的布偶。

亞伯拉罕發現我回來了以後……

「喔喔，這麼快就買回來了！來來，快把那瓶粉紅尼祿依德拿過來這邊……」

便這麼說，示意要我過去布偶旁邊。

「吶，阿克婭，那個叫匹克爾斯的人真的在這裡面嗎？妳該不會是因為閒得發慌才這樣捉弄我們吧？」

「你在說什麼啊，這些全部都是這位大叔的心願喔。他說他生前一直很想調戲女僕們，都快要不能自已了。但為了拚命維持自己認真又嚴肅的宗主形象，一直在壓抑自己。」

「我看妳還是直接施展淨化魔法算了。」

聽我這麼說，亞伯拉罕一臉歉疚地抓了抓頭。

「家父在生前應該也勉強自己很久了吧。我希望至少能讓他在死後隨心所欲。希望各位也能多加幫忙。」

大概是非常想實現父親的心願吧，亞伯拉罕以真誠的眼神看著我如此表示，讓我無話可說。

說得也是。

我自己在死前也有一大堆心願還沒實現，所以才來到這個世界。

這麼一想，現在只是叫女僕簇擁著他而已，也不算什麼——

……這時，對著布偶點了幾下頭的阿克婭表示。

「他說接下來想叫惠惠抱他。」

「……也罷，反正外觀是可愛的布偶，抱一下是無所謂。」

這個叫匹克爾斯的傢伙，名字像泡菜還敢越來越囂張啊。

在我以懷疑的眼神看過去時，阿克婭對惠惠正在抱的布偶豎耳傾聽，再次用力點頭。

「他說那個一臉平民樣的男人看了就不爽，誰來揍他一頓。」

「好樣的啊，你這個破爛布偶！小心我把你拖回家做成破抹布！」

「等、等一下！再怎麼樣我也不會真的叫人揍你，不過家父也只是因為能夠實現生前的心願而亢奮過頭了，原諒他吧！」

我從惠惠手上沒收布偶，拿起來像擰抹布一樣用力絞，亞伯拉罕抓著我這般求情。

「話說回來，我們應該幫這個布偶實現多少心願才夠啊？我覺得我們已經配合他很多任性要求了耶。」

而身為旁觀者看著我們的惠惠這麼說，令我赫然驚覺。

「對啊，這傢伙根本一點要升天的跡象都沒有嘛。喂，阿克婭，這傢伙下次再開出什麼難題來刁難我們的話就直接施展淨化魔法。」

「慢著，家父先前一直廣施德政，是受民眾愛戴的宗主！拜託至少最後讓他安心上路吧！」

沒理會亞伯拉罕的發言，阿克婭傾聽著布偶的聲音。

「『那麼我想就玩到這裡，差不多該進入正題了。其實我在這個家的地下室藏了羞恥的妄想日記。希望你們能幫我處理掉。』他是這樣說的。」

「你果然在玩嘛！喂，我看連淨化魔法都別用了，咱們把這傢伙丟進暖爐裡燒吧！」

我拖著巴住我不放的亞伯拉罕，從阿克婭手上搶走布偶後作勢要丟進火裡燒燬，而就在這時——

「你先等一下，和真。如果處理掉那本日記他就願意升天，你就再稍微忍耐一下吧。貴族有很多無法告訴別人的煩惱。」

達克妮絲將布偶從我手上搶走，帶著苦笑將它抱在懷裡護著。

正當亞伯拉罕在一旁忍不住點頭時，阿克婭說了。

「他說『這麼說來我一直很在意，妳長得很像我以前暗戀過的人，也就是達斯堤尼斯家的夫人呢。再加把勁，像在擁抱愛人似的緊緊抱住我吧。』」

「父親大人！」

聽見這番話，達克妮絲顯得心情複雜，露出相當耐人尋味的表情戰戰兢兢地抱緊布偶。

「『我想要妳再加把勁，像是用臉磨蹭我或是把我埋進胸口之類的。我心儀已久的那個人被達斯堤尼斯那傢伙給偷走了，為了替父親贖罪的話作女兒的稍為給點甜頭也……』」

「阿克婭，妳不用繼續口譯下去了！和真你說得對，把這個布偶丟進暖爐裡燒燬吧！」

「達克妮絲小姐，請您克制一下！應該說父親大人，作兒子的並不想聽到您的那種過去啊！」

5

亞伯拉罕帶著驚訝的表情輕聲地說：

「這種地方居然有地下室——」

在目前沒人使用的匹克爾斯的寢室裡，我們找到了地下室的入口。

既然輕輕鬆鬆就可以找到這種東西，表示能和靈體對話這回事也不是阿克婭在演戲而是真的嘍。

在地下室的角落裡，放著一本蓋滿塵埃的書。

看來這就是所謂的羞恥妄想日記了吧。

抱著布偶的阿克婭看著那本書開了口。

「『辛苦諸位了。擔任我的口譯的祭司啊，我要特別感謝妳。然後是苗條又可愛的小妹妹、長得像我的初戀對象的女孩……以及只有在跑腿的時候派上用場的少年啊。』」

「喂，我們現在就開始朗誦那本日記吧。之後再印刷出來在街上到處亂撒。」

「『這是貴族玩笑啊，你這個衝動的平民，之後會打賞你的請不要這樣。』他這樣說耶……吶，大叔，你也要確實為我準備獎賞喔。」

在我和阿克婭你一言我一語的時候，亞伯拉罕拿起日記跪了下來。

「……父親大人。這個我會妥善處理掉的，請您放心。沒想到，我居然能夠以這種形式和您再次見面。到了艾莉絲女神身邊以後，請您好好安息……」

說著，他將手上的日記抱進懷裡小心呵護。

面對這樣的亞伯拉罕，阿克婭將布偶熊輕輕放在他的面前。

「『我的兒子啊，現在回想起來我從你小時候就沒什麼照顧你呢。這是為父的遺言。你不要像我那樣忍耐，盡情對女僕們動手動腳吧……』」

然後以莊嚴的態度，以及溫柔的嗓音，口譯著匹克爾斯最後的話語。

……這好歹是感動的告別場景才對，但他們倆的對話內容和這整個構圖，讓我一點悲愴感都沒有。

面對著布偶熊，懷裡抱著寫了羞恥妄想的日記，流著淚的貴族青年。

看著這樣的父子，其他人也不出我所料。

「……嗚嗚。」

「……快點和他告別吧。身為侍奉神明的十字騎士，我也獻上祈禱聊表心意吧……」

嘴裡這麼說，眼中還浮現淚水不對吧！

為什麼連惠惠和達克妮絲都熱淚盈眶了！

是我嗎？

是我沒有感動比較奇怪嗎！

「……看來匹克爾斯的時間已所剩不多了。好了，你們向彼此做最後的道別吧。這樣就真的再也無法見面了，所以別留下任何遺憾喔。」

阿克婭以沉重的語氣如此宣告。

於是眼中積滿淚水的亞伯拉罕便跪著牽起布偶的手。

「看見您對女僕的態度，我可以肯定自己果然是您的兒子。現在，我已經能猜到這本日記裡寫的是哪些羞恥的事情了。畢竟，我也做過同樣的事情所以心裡有底……父親大人，來世請多多保重。剩下的事情就交給我吧……」

在沉靜的氣氛當中，阿克婭帶著柔和的笑容。

「『不愧是我的兒子，我真沒想到你居然會像我像到這個地步。我忘不掉達斯堤尼斯家的夫人，也沒有意願娶妻，但又需要繼承人，所以就隨便挑了年幼的你來當養子，想不到你居然會這麼孝敬我……現在我才敢說，我說過你的母親是因為流行病而過世，不過那是謊話。那種事情原本就……』」

說到這裡，話便中斷了。

「……咦？」

聽見最後的最後留下的爆炸性發言，亞伯拉罕握著布偶的手，整個人動也不動。

「……看來他已經心無窒礙地升天了。」

「『那種事情原本就……』之後是什麼啊！為什麼會在那種時候升天啊！我到底是誰的小孩啊！父親大人啊啊啊啊啊啊啊啊啊！」

——離開川尚美宅邸後，我們帶著非常微妙的表情踏上歸途。

「吶……那個人有辦法振作起來嗎？」

「我、我想應該不要緊的。畢竟別看川尚美先生那樣，他其實是個精神力相當堅強的人！沒錯，一定沒問題的！」

聽達克妮絲急忙這麼說，讓我隱約覺得有些不對勁。

「這麼說來，妳和那個人原本就認識嗎？」

「沒有啊！我們當然不可能認識！對方可是貴族，和我這種平民怎麼可能有共通之處……」

「說得也是。貴族和妳完全搭不起來嘛，妳這個人暴躁又粗線條。因為這次要去貴族家，我本來還有點期待可以看見所謂的貴族家千金的說……」

「咦？」

原本慌張地說個沒完的達克妮絲聽見我的發言，整個人停機。

「和真喜歡的類型是貴族千金嗎？不過仰慕那種類型的心情我也懂，既然是千金大小姐，一定是端莊又纖弱……」

「是啊，然後還沒拿過比茶杯重的東西，而且怯弱到遇見哥布林那種東西的時候肯定會昏倒。」

「嗚嗚……」

聽著我和惠惠的對話，達克妮絲不知為何苦悶地掙扎了起來，不過這傢伙行動總是這麼怪異，所以不用管。

「不過今天的工作處理得真是太完美了。不但獲得委託人的感謝，報酬也相當高。居然有一百萬艾莉絲耶，一百萬艾莉絲！這下暫時不工作也不成問題了！」

「妳、妳這傢伙真的覺得今天的工作處理得很完美嗎？」

我覺得最後那番話應該會讓亞伯拉罕耿耿於懷，煩惱一輩子吧。

「那還用說嗎，照理來說他們連最後的道別都辦不到耶。光是考慮到這一點，他感謝我就已經是理所當然的了。你看，我還把剩下的高級粉紅尼祿依德整瓶要來了呢。今晚就開宴會喝這個吧。」

「我說妳啊，那瓶酒真的是匹克爾斯說要買的吧？應該不是妳自己想喝就趁口譯的時候說謊吧？……不過，記得也讓我喝一點。」

小心翼翼地抱著裝有粉紅色液體的瓶子。

「真拿你沒辦法。也罷，酒這種東西與其一個人喝還是大家一起喝比較美味，反正也只是順便要來的酒！今晚就以『阿克婭大人努力工作紀念日』這個名目開宴會吧！」

阿克婭露出滿面的笑容。

6

時刻是深夜。

之後回到豪宅的我們有了比平常奢侈了點的體驗，喝了據說是高級品的粉紅尼祿依德後便就寢了。

在這樣的狀況下，我忽然在這種時候醒了過來。

大概是因為喝太多酒了吧，我感到口乾舌燥。

為了去廚房喝水，我準備下樓前先偷看了一下下面，發現大廳暖爐的火還在燃燒——

「於是，那位名叫匹克爾斯的大叔因為我的精采表現而順利升天了！雖然那個叫亞伯拉罕的人最後有點鬱鬱寡歡，不過人生當中總是有許多歷練，這個部分也是無可奈何的事情吧。」

待在大廳的是阿克婭。

她一手拿著粉紅尼祿依德的瓶子，對著空無一物的地方說話。

她平常就是個怪異舉動多到引人側目的傢伙，不過她沒有發瘋。

阿克婭的眼前大概有人，就是我們昨天聊到的那個住在豪宅裡的幽靈少女。

阿克婭將瓶子裡的酒倒進杯子，然後放到桌子的對面。

接著，杯子裡的酒便一點一點逐漸減少。

難道那傢伙說的幽靈也會喝酒這件事情是真的嗎？

還記得我接了酒鋪的送貨委託時得到了一瓶作為附加報酬的酒變成空瓶的時候，阿克婭是這麼說的。

『那不是我喝的，是住在豪宅裡的幽靈搞的鬼！』

那時我錯怪她了，明天可得向那傢伙道個歉才行。

繼續偷聽下去未免太沒格調了，還是大大方方下樓去，喝完水就早點睡吧。

「我都把這麼貴的粉紅尼祿依德分給妳喝了，關於我喝掉和真先生的酒卻賴給妳的那件事情，妳也該原諒我了吧？」

…………

多偷聽一下她說不定會自己爆出更多料來。

我繼續躲在樓梯的陰暗處，使用潛伏技能消除了身影。

「什麼——？原諒我可以，但是要再說異世界的故事給妳聽？真是的，妳也太喜歡那個故事了吧。」

阿克婭一副拿她沒辦法的樣子，拿著杯子搖了搖頭。

「好吧。今天就告訴妳，我在來這個世界之前過的是怎樣的生活好了。是比差點被牽引機耕過去的和真先生因為令人發噱的死法而出現在我身邊時還更早的事情喔。」

說完，阿克婭開始對幽靈少女訴說過往。

說著說著，她不時會穿插一點我的壞話，每次聽到我都很想衝出去教訓她。

「——差不多就像這樣，所以我在天界是非常偉大而尊貴的女神。身邊有許多天使們在照顧我，每天都被服侍得服服貼貼的。想吃什麼、想喝什麼應有盡有，過的完全是沒有任何不便的生活。」

天使們是不是心甘情願在照顧、服侍那傢伙，我非常存疑。

「就在這個時候，那個男人出現了！那個男人硬是將本小姐拖到這個世界來，卻一點都不尊敬我，對待我的方式更是隨便！真是的，他到底把本小姐當成什麼了啊。」

我才想說我有多後悔帶妳來咧。

「不過，現在回想起來，和真先生其實很膽小，所以一定是因為覺得一個人來異世界太孤單了吧。真是的，和真先生真是的。他看起來好像很能幹，但偶爾又有點脫線。這種時候，還是得有我好好照顧他才行。」

我真的很想現在就立刻衝出去扁那個傢伙。

真想賞她一巴掌，說妳哪來的臉說那種話。

「嗯？我想不想趕快回天界去嗎？嗯——我想想……」

不知道幽靈少女說了什麼，阿克婭雙手抱胸，煩惱了起來。

快滾快滾，妳趕快滾回去吧。

「這個嘛，雖然在這個世界有很多很辛苦的地方。惠惠是個奇怪的孩子，但和她在一起一點都不無聊。達克妮絲也是個奇怪的孩子，但和她在一起也一樣不無聊。而且……」

真想對她說最奇怪的就是妳。

正當我忍耐想吐嘈的衝動忍耐到很鬱悶的時候，阿克婭忽然對幽靈少女一笑。

「和真先生真的太弱了，稍微一不注意就會立刻死掉。要是我離開了，我一定會擔心他沒有我會怎樣吧。所以即使我要回天界，一定也是等到世界變得安全之後吧。不過最根本的問題，還是得先解決掉魔王我才能回去就是了。」

阿克婭一邊這麼說，一邊擺出大姊姊架子的模樣讓我非常想笑，於是我決定離開現場。

雖然不太想使用魔力，不過今天還是先回房間，用製水魔法變出水來好了。

之前我完全沒想過要打倒什麼魔王。

「總之，說來說去，我並不討厭現在的生活。在這個鎮上和冒險者公會裡也交到了許多朋友。最重要的是，我每天都不曾有無聊的感覺，至少這方面我相當滿足喔。」

不過，要是我變得超強，開始有那個可能性的話，我也不是不願意考慮。

我準備回自己的房間，轉過身去，聽著阿克婭的聲音從背後傳來。

「呵呵，妳願意聽這種故事的話，我隨時都可以說給妳聽啊……什麼？為了答謝我說故事給妳聽，妳要告訴我和真先生的祕密嗎？這樣啊，那我洗耳恭聽。」

……………

「和真先生真是的，一個人待在房間裡的時候原來在做那種事情啊。不過既然來到異世界，總會想試著練習原創魔法嘛。這個好像很有趣，下次當成調侃他的材料好了……他一個人在中庭練劍時，總是說那種話嗎？『納命來！』還有『哼，砍了不足掛齒的東西……』是吧。我記起來了。和真先生真是的，嘴巴上對惠惠的意見那麼多，結果自己也在想招牌台詞啊。」

我原地止步，輕輕擦掉沿著臉頰滑下來的汗珠。

真不想繼續聽下去。

可是，我總得確認一下她知道了多少才行……

「多告訴我一些和真的怪異行徑，下次又要挨他罵的時候我想搬出來讓他息怒……不要搜衣櫥裡面，而是找衣櫥上面？他在那裡藏了什麼東西啊？」

我猛然轉身，衝下樓梯，阻止她再說下去。

阿克塞爾的爆裂偵探

1

——那一天。

我和阿克婭在豪宅的大廳爭奪暖爐前的特等席時，突然有人激烈地敲打大門。

照這個狀況看來應該不是尋常的訪客，正在玩桌遊的達克妮絲和惠惠互看了一眼。

「來人啊！佐藤和真以及其同夥住的地方是這裡沒錯吧！我有事情要問你們！快打開這扇門！」

一個被逼急了的聲音從外面傳進來。

我們聽見那個聲音之後——

「妳乖乖從那裡讓開就對了，我想聽柴火爆開的劈啪聲啦！」

「我也想添柴火到暖爐裡啊！冬天光是看著溫暖的暖爐裡的火焰就讓我興奮不已！和真在我後面看就好了！」

「惠惠，今天我一定會贏的。十字騎士朝大法師棋子前進！下個回合那個孱弱的大法師就要死了！」

「瞬間移動。」

決定當作什麼都沒聽到的我們，就這麼——

「喂，我知道你們在裡面！你們聽到我的話了對吧！快開門！喂，開門……外面在下雪啊，好冷，你們差不多該給我開門了喔！」

——來找我們的是這座城鎮的警官。

在門外把雪拍乾淨後，警官先在暖爐前取暖了一陣子才掏出一張紙，遞到惠惠面前。

「大法師惠惠！現在我們懷疑妳涉嫌犯下阿克塞爾連續爆炸案。好了，麻煩妳跟我回局裡一趟！」

惠惠迅速搶過那張逮捕令，毫不猶豫地丟進暖爐裡。

「啊啊，妳竟敢如此對待重要的逮捕令！」

「還管什麼逮不逮捕啊，阿克塞爾連續爆炸案是怎樣！我不知道那是怎樣的案件，不過本小姐怎麼可能跑去犯罪！」

我想如果我是這位警官也會第一個衝到這裡來，不過惠惠好像心裡沒有底，憤怒到無以復加的地步。

「好了，稍安勿躁。請問，連續爆炸案是怎樣的案件？可以先把詳情告訴我們嗎？」

聽達克妮絲這麼說，放棄將逮捕令從暖爐裡救出來的警官表示：

「其實這一陣子，阿克塞爾附近每天都會發生爆炸。有時在森林裡，有時在山上，期間不定……也因為這樣，森林裡的怪物受到爆炸的驚嚇來到平原上，雪山也頻繁發生雪崩……所以，現在森林和山地處於限制進入的狀態。」

「我才稍微沒注意妳這傢伙就幹出這種事情來了嗎？我會帶東西去探望妳的，乖乖進去蹲吧。」

我把手放到惠惠的肩上，然後就被用力拍開了。

「請等一下，那並不是我！之前被捲進雪崩之後我就再也沒有在雪山使用過爆裂魔法了！最近我都和達克妮絲一起去一日一爆裂，所以要不在場證明我也有！對吧，達克妮絲！」

「咦！是、是啊……」

「達克妮絲，妳為什麼會那樣沒自信地低下頭啊！這樣會害我被誤會好嗎？該不會連達克妮絲都在懷疑我吧！請妳帶著自信否認！」

正當惠惠對達克妮絲咄咄逼人，而達克妮絲的眼神飄忽不定的時候。

「妳們先冷靜一下，咱們問得更詳細一點再說吧。妳說阿克塞爾附近每天都會發生爆炸，那麼大概有多麼頻繁呢？這傢伙一天只能使用一次爆裂魔法，那你所說的爆炸又是……」

「爆炸一天只會發生一次。」

警官立刻回答了我的問題。

「順便問一下，爆炸發生的時段……」

「每天都一定發生在惠惠小姐離開鎮上之後不久。」

「不好意思，我想這傢伙做出這種事情來的時候並沒有惡意，只是比別人還要少了一點忍耐的能力，只不過是這樣罷了。」

「請等一下，和真，你為什麼擅自認定是我做的啊！」

惠惠抓著我的肩膀不停搖晃，可是我怎麼想都只可能是這傢伙幹的啊。

「放心吧，惠惠。妳不在家的時候，我會負責拿東西給那顆漆黑的邪惡毛球吃的。」

「那個，惠惠……這個季節牢裡很冷，所以要帶比較厚的衣服去喔。我每天都會送溫熱的飯菜去給妳的。」

「連妳們兩個也這樣！夠了，你們想偵訊還是怎樣都隨便你們好了！我知道警局裡有偵測謊言的魔道具！請你們確認我所說的是不是真的！」

揮舞著法杖，怒不可抑的惠惠這麼說完，便跟著警官離開了。

2

「——真的非常抱歉！身為警察，我們居然懷疑了無辜的人……！」

「真是夠了，真是夠了！追根究柢，為什麼一聽到發生爆炸案就會直接聯想到我，這點讓我最不懂了！請你說明到我能夠接受為止！」

結束了偵訊後，惠惠帶著警察局的高官回來了。

聽說偵測謊言的魔道具完全沒有任何反應。

「既然嫌疑已洗清，妳就放過人家吧。當然，我從一開始就相信事情會變成這樣了。」

「我當然也相信惠惠嘍。惠惠才不是會做出那種事情的孩子。如果妳想要我可以把暖爐前面的特等席讓給妳喔，並不是因為我心有愧疚喔。」

「好吧，在天氣這麼冷的時候跑了一趟警局，惠惠應該冷到了吧！今天我去買高級食材回來，妳吃些好吃的東西暖暖身子吧！」

「喂，那邊那三個人倒是見風轉舵轉得很順嘛，你們也說說看你們平常是怎麼看待我的啊，我洗耳恭聽！」

高官一臉過意不去地對著依然怒不可遏的惠惠道歉，立正站好，深深一鞠躬。

「請讓我再次為這次的事致上最深的歉意。你是佐藤和真先生對吧？我聽說了許多有關你的傳聞。據說，你在討伐魔王軍幹部貝爾迪亞和破壞機動要塞毀滅者的行動當中都多有貢獻……」

說著，高官對著我嫣然一笑。

那個人年約二十歲，留著一頭栗子色的長髮，是位容貌相當出眾的美女。

「好說好說，我自認沒做到什麼值得一提的事。不過，該怎麼說呢，應該說是身為冒險者的自尊讓我不允許自己逃跑吧……」

聽我自傲地這麼說，署長小姐的表情一亮。

「太了不起了，佐藤先生！我還聽說這座豪宅也是佐藤先生的東西……！看來，討伐貝爾迪亞和破壞毀滅者所得到的獎金想必都相當高吧！啊，我還沒自我介紹！我是大家都稱讚脫了之後很性感的警察局副局長，名為蘿莉艾莉娜。今後還請多多指教！」

總覺得這個蘿莉艾莉娜未免也太主動了吧。

不過真要說起來，我在這個城鎮應該算是英雄，所以會變成這樣要說是理所當然，確實也很理所當然。

「請、請多指教。獎金原本是很多，只是因為種種因素，不知為何我現在是負債狀態就是了。話說回來，回想起我那時的活躍表現……」

「那麼我今天先就此告退了。惠惠小姐，多有得罪。」

一聽到負債兩個字，蘿莉艾莉娜的態度突然變得公事公辦了起來。

……會變成這樣要說是理所當然，確實也很理所當然吧。

「蘿莉艾莉娜小姐。既然我們家惠惠不是犯人，妳還有其他可疑人選嗎？」

「不，這個……會在城鎮外面毫無意義地引發爆炸騷動的人除了惠惠小姐以外竟然還有別人，這種事情我完全無法想像……」

「喂，所以說為什麼會在那種時候想到我妳說說看啊，我洗耳恭聽。」

看著惠惠氣憤到眼睛都閃現了紅光，我真想告訴她有個詞彙叫做素行不良。

「總之，無論如何，這樣就能證明這件事和我們無關了，這不是很好嗎？什麼事情都怪到我們頭上來，我們也很傷腦筋。」

聽我隨口這麼說——

「是啊。這表示有個並非惠惠的爆炸專家在胡鬧，也不過就是這樣罷了。可是既然會懷疑到惠惠這邊來，那個犯人該不會也是個相當厲害的爆炸系魔法高手吧？說不定是個超越惠惠的爆裂魔法高手呢。」

抱著大腿坐在暖爐前的那個總是不會看場面的傢伙，說出了這種多餘的話來。

3

隔天。

「我們先針對這起案件進行調查。我要活用紅魔族的高智商，推理出犯人來。」

一大早就被吵醒的我一邊睡眼惺忪地揉著眼睛，一邊跟著惠惠走。

現在，我們正前往冒險者公會。

因為阿克婭那句多餘的發言，對犯人燃起異常的對抗意識的惠惠說要逮住那個傢伙。

只有這傢伙的話我還能置之不理叫她自己隨便去搞，但偏偏那時候現場有這個人在。

「全靠妳了，惠惠小姐！以副局長特權，搜查行動稍微強硬一點也可以！」

跟在我和惠惠後面的是蘿莉艾莉娜。

「……我們只是自己查興趣的，妳可以回去沒關係喔？」

「不，即使兩位是冒險者，讓一般民眾針對危險的爆炸客進行搜查未免也太不應該了。

而且，爬到副局長這個職位的我有一種直覺。它告訴我，跟著兩位一定可以解決這起案件。

不，我並不是因為還在懷疑惠惠小姐才跟來監視的喔。我只是覺得在這個時候協助兩位，就能賣人情給兩位的隊友達斯堤尼斯爵士並且和她建立起良好的關係！」

蘿莉艾莉娜完全不打算掩飾真心話，甚至乾脆說出這種相當差勁的發言，反而讓人聽了很爽快。

應該說，她心裡肯定還在懷疑惠惠吧。

要是讓惠惠和警察局副局長兩個人單獨行動的話，她八成會闖出什麼禍來，當天就會因為其他罪行而遭到逮捕了吧。

就是因為這樣，我才會像這樣淪落到必須協助她們的下場……

「好吧，這也是無可奈何的事。那麼，先從打聽情報開始吧。」

說著說著已經來到公會的我們，立刻開始著手打聽情報。

順道一提，達克妮絲說要試著用她自己的管道調查這起案件，然後也和我們一樣一大早就出門了。

至於另外一個多嘴的傢伙，因為她不打算離開暖爐前面而且感覺又不太能派上用場，我們就丟下她了。

我和惠惠來到因為還很早而空蕩蕩的接洽櫃檯。

「我有一點事情想請教一下，可以嗎？關於最近成為話題焦點的爆炸案件，我有幾件事想確認一下。」

「哎呀，佐藤和真先生，早安。爆炸案件……是嗎？啊！妳是蘿莉艾莉娜小姐！連惠惠小姐也在……！……爆炸案件……惠惠小姐……警察……原來如此，我知道各位想確認什麼了。我也認為惠惠小姐就是犯人。」

「喂，我不知道妳誤會了什麼不過有事情我們可以好好聊一聊啊！」

惠惠對著櫃檯小姐咄咄逼人，而蘿莉艾莉娜為了釐清誤會介入兩人之間。

「不，妳的心情我很了解，可是事情不是這樣。偵訊已經結束了，不知為何偵測謊言的魔道具並沒有反應。」

「真的嗎？會不會是魔道具故障了……」

「不，沒這個可能。那個魔道具是我們警局裡的最新款，一直到前一天在使用上都沒有任何問題。也因此，當初以為能輕鬆解決的這起案件，便一舉成為難解的懸案了……」

「喂，妳們想找本小姐打架的話，本小姐樂意奉陪喔。」

看著一臉費解地歪著頭的兩人，惠惠的眼睛開始閃現紅光；而我一面安撫憤怒的惠惠，一面試圖達成來到這裡的目的。

「我們之所以來到這裡，是想確認這個城鎮裡有哪些人會使用爆炸系魔法。冒險者當中有沒有這種人啊？」

爆炸系魔法主要分成三種，炸裂魔法、爆炸魔法、爆裂魔法。

炸裂魔法是具備足以粉碎岩層的高強威力，同時消耗魔力也不多的優秀魔法，爆炸魔法則是消耗魔力高到人家說一天能夠發個幾次就算不錯了，但相對地也具備能夠掃蕩大多數怪物的驚人破壞力。

「能使用炸裂魔法的優秀冒險者都立刻在提升等級之後就到其他城鎮去了。至於能夠使用爆炸魔法的人，在這個國家更是少數中的少數。到了祭典的季節多多少少會有幾位過來這裡擔任煙火大會的主要成員，但這個季節沒有任何一位會在這裡。說穿了，除了魔道具店的老闆和惠惠小姐以外，這裡應該沒有其他人會使用這個系統的魔法了吧……」

「……我姑且問一下，犯人真的不是惠惠小姐吧？」

「妳還在說喔，我都說不是我了啊！」

看著對蘿莉艾莉娜氣急敗壞的惠惠，我整理了一下思緒。

這個鎮上除了惠惠以外，會用爆裂魔法的就只有維茲，不過應該沒人會懷疑她吧。

說穿了，她根本沒有動機。

……動機？

「對喔，是動機！說不定有某個人對惠惠懷恨在心而擬定了計畫，試圖將冤罪陷害給惠惠藉此把妳塑造成罪犯。喂，惠惠，妳知不知道有誰對妳懷恨在心啊？」

「才不會有那種人咧。我在我們隊上也是最品行端正的一個，這點我有自信。」

那種自信是從哪裡冒出來的啊？

這時，櫃檯小姐一臉過意不去地說了。

「那個……關於惠惠小姐，其實到處都有人來申訴……像是在狩獵哥布林的時候被她從遠處發出的魔法干擾，不但獵物被搶走還差點被爆炸波及；或是因為會改變河川的形狀，所以希望她能不要使用爆裂魔法來抓魚之類的，還有其他許許多多的申訴……」

惠惠聽了摀住耳朵轉過頭去，但櫃檯小姐依然繼續說了下去。

「另外，再怎麼說妳也是體能超乎常人的冒險者，不要因為名字被嘲笑就毆打一般民眾可以嗎？」

「不好意思，可以請妳逮捕這傢伙嗎？」

「說得也是，還是先把她逮捕起來好了。應該說，我看就當作惠惠小姐是犯人算了。」

「請等一下，我多少有在反省了！更、更重要的是，看來對我懷恨在心的人出乎意料地多呢！既然如此，我們應該能從那些人中找出犯人！」

惠惠在這麼說的同時，突然襲擊了附近的一名冒險者。

「唔喔喔！怎、怎樣啦，這不是惠惠嗎，快住手！幹嘛突然攻擊我啊！」

「你昨天和我打了一架，現在我們懷疑你是連續爆炸客！走，跟我回局裡一趟好痛！」

我一邊拍打惠惠的後腦杓並將她從人家身上扯下來，一邊向那位冒險者低頭道歉。

「這個傻瓜突然發瘋真的很不好意思。應該說，我可以請教一下嗎？聽說你和這傢伙打了一架，我可以問一下你們發展成打架的經過是怎樣嗎？」

突然被掐住脖子而驚慌不已的冒險者一邊激烈咳嗽，一邊摸了摸脖子。

「沒什麼，我昨天一邊看布告欄上的任務一邊走動，然後就撞到了惠惠。所以我就道歉說『不好意思，我在看比較高的布告欄所以沒發現妳』，結果她說『你的言下之意是說我是矮冬瓜嗎！』，接著突然襲擊我……」

「這不是打架而是妳單方面找人家碴吧！」

「好痛！不、不是啦，因為身為冒險者要是被人家瞧不起就完蛋了……！」

我看還是請警察逮捕這傢伙比較好吧。

「應該說爆炸事件也不是昨天才開始，而是之前就發生過了吧？既然如此就不可能是這個人了啊。」

「話是這麼說沒錯……那麼，上週瑪莉貝爾小姐和我針對胸部大小爭論了一番之後演變成打架，我這就去帶她回警局。」

「就叫妳不要想到誰就打算隨便帶回警局！應該說妳這傢伙也太愛到處打架了吧！無法無天也該有個限度吧！」

蘿莉艾莉娜聽了我和惠惠的對話原本有點倒彈，不過似乎是想起了身為警察局副局長的工作，便拿著筆記本面向惠惠。

「惠惠小姐，妳能想到的可疑人物有多少個，可以全都告訴我嗎？如果人數太多我會動用警員去調查。」

面對一臉認真的蘿莉艾莉娜，惠惠陸陸續續列出一堆名字。

「首先是我剛才提到的瑪莉貝爾小姐。再來是我在沒錢的時候不斷殺價又殺價硬是要人家賣東西給我，這樣被我惹哭的有武器店的大叔、魔道具店的大叔、水果店的大叔……再來是……其他冒險者的部分因為可疑人物太多了，我一時之間想不到名字。」

「……拜託妳真的把這傢伙抓起來好不好？」

「我們並不是寄放問題兒童的地方，但這也是沒辦法的事情。那麼惠惠小姐，詳情我們回警局再說……」

「請等一下！慢著……啊啊！」

差點就要被蘿莉艾莉娜帶走的惠惠突然放聲大叫衝了出去。

「我大概知道犯人是誰了！你們兩位跟我過來！」

4

我們在阿克塞爾的圖書館找到了那個孩子。
在這個有著大量桌椅的地方，那孩子坐在最角落的位子乖乖看著書。
「原來妳在這種地方啊！真正的犯人芸芸，我找到妳了！」
「咦！惠、惠惠！妳沒頭沒腦的在說什麼啊！」
坐在那裡的是惠惠的自稱競爭對手——紅魔族的芸芸。
惠惠打破圖書館的安靜氣氛，掀起披風一揮，開始報上名號。
「吾乃惠惠！擁有阿克塞爾首屈一指的頭腦，乃揭露真相之人！吾之競爭對手芸芸！只要本小姐的眼睛還紅得發亮，妳的計謀就不可能成功！」
「妳突然現身又說出這種話是怎樣啊，惠惠！應該說，妳在說什麼我完全聽不懂！真正的犯人是什麼意思！」
平穩的氣氛遭到破壞後，芸芸驚慌失措地站起來。
見周圍的人因為這場騷動而皺眉，芸芸不禁低頭道歉。
而我對這樣的芸芸說明事情的原委。
「沒有啦，其實是這個城鎮附近連日發生神祕的爆炸騷動……」
「笨蛋惠惠！在紅魔之里鬧事還不夠，來到這裡妳也做出同樣的事情來了嗎！在故鄉都已經造成那麼嚴重的騷動了，妳還沒學到教訓嗎！」

「啊啊！住、住手——！妳是怎樣，沒頭沒腦的在做什麼啊！」

我才說明了一句，芸芸好像就已經察覺到了什麼，欲哭無淚地揪住惠惠。

不久後，芸芸一把放開她原本抓在手上的惠惠的衣領，轉身面對我們。

「對不起！惠惠明明頭腦很聰明卻笨到不懂得瞻前顧後，但她的本性並不壞！我也會一起去向這次受害的人們道歉！所以，還請你們寬待她，從輕處置……」

「連妳也這樣，為什麼只聽了這些說明就一口咬定是我幹的啊！」

「呀——！好痛好痛！住手啊！」

在惠惠揪住向我們道歉的芸芸時，蘿莉艾莉娜狐疑地歪頭。

「請等一下，妳剛才說了『在紅魔之里鬧事還不夠』對吧？紅魔之里也發生過類似的事件嗎？」

「是、是的。那個時候是把事情推給碰巧路過的女惡魔才得以相安無事，我還以為這次她又闖了一樣的禍……」

把事情推給碰巧路過的女惡魔是怎樣，我好像聽到了非常不得了的真相。

真想好好問一下惠惠的過去。

「那、那個時候是那個時候，現在是現在！並不是好嗎，都說這次不是我了！你們不要全都用那種眼神看我……更重要的是芸芸！」

儘管被蘿莉艾莉娜投以懷疑的眼神，惠惠仍指著芸芸說。

「現在，我們懷疑妳涉嫌犯下阿克塞爾連續爆炸案。請妳先跟我們一起回警局再說！」

「為什麼啊啊啊啊啊！」

對於惠惠這天外飛來一筆的發言，芸芸放聲尖叫。

「還有什麼好為什麼的，妳先說說看妳和我的關係。」

聽惠惠這麼說，芸芸隨即臉紅。

她害羞地低著頭，不時抬眼偷瞄惠惠。

「是……是朋……」

「沒錯，妳是我的競爭對手！難道不是嗎？」

「沒沒沒、沒有不是！沒錯，我是妳的競爭對手！那又怎樣！」

被惠惠打斷的芸芸有點自暴自棄，淚眼汪汪地大喊。

「妳承認了吧。就像這樣，芸芸自稱是我的競爭對手！換句話說，妳有著在競爭關係中把我這個對手擠下去的動機！」

「咦咦！」

芸芸似乎大受打擊，然而惠惠仍繼續說下去。

「不僅如此，妳在紅魔族中也是僅次於我的魔法高手！對我這個天才能使用爆裂魔法這件事燃起競爭意識的妳，即使學了爆炸系的魔法也不足為奇！」

「太奇怪了吧，那是什麼邏輯啊，太奇怪了吧！」

在芸芸如此哭喊時，惠惠表示：

「那麼我問妳。這幾天接連發生了爆炸案，當時妳有和任何人在一起嗎？」

「……我、我是自己一個人……」

聽她這麼說，惠惠像確信了自己的勝利似的露出狂妄的笑容。

「原來如此，一個人啊。那麼在爆炸案發生的時候，沒有任何人能夠證明妳沒有到鎮外去嘍？」

「…………沒有。」

芸芸低聲回答了惠惠的質問。

「如妳所見，她既有動機、也有足以犯案的才能、更沒有不在場證明！蘿莉艾莉娜小姐，麻煩妳了。」

「那麼，請妳和我回警局一趟……」

「等一下，不是我！真的不是我啊啊啊啊啊！」

「——就連最有可能的芸芸也不是犯人啊。難道怨恨的可能性並不高嗎……」

離開警局的歸途。

我和惠惠兩個人朝鎮外前進。

「應該說，那孩子是妳的朋友吧？就算是競爭對手，我也不覺得有人會用這種方式給朋友添麻煩耶。」

「是這樣嗎？對紅魔之里的友人們，我總是秉持先下手為強的精神，全力弄哭她們呢。」

「我看對妳懷恨在心的人犯下這起案件的可能性還是很高。」

我和惠惠一起走出正門之後，開始尋找今天的爆裂地點。

沒錯，我們之所以特地來到城鎮外面，是為了惠惠那個愚蠢的例行公事。

「我覺得至少在這種時候應該要自律一下吧。」

「你在說什麼啊，要是我真的那麼做的話不就像在對犯人認輸嗎……不對，說不定這才是犯人最原本的目的！為了不讓本小姐繼續使用爆裂魔法……！如果是這樣，嫌犯該不會是那些負責填補我炸開的洞的做土木工程的大叔吧？可是，他們曾向我道謝，說多虧有我才讓他們多了不少工作能賺錢……咦！難不成，是魔王軍害怕、避忌吾之力量才做出這種……」

看著惠惠喃喃自語地唸著這些愚蠢的發言，我不禁覺得，說出這傢伙的智商有多高的人肯定都在說謊。

「好了，這附近就可以了吧。天氣這麼冷，咱們挑近一點的地方了事吧。」

「這附近沒有積雪啊。我想要去有更多雪的地方。以爆裂魔法將純白的畫布染成我的顏色才有樂趣。」

「……原來如此，就像看到積雪就會想小便在上面看它融化是一樣的道理吧。」

「才不是！請不要把紅魔族崇高的本能跟和真低俗的習性混為一談！」

為了配合惠惠的任性，我們來到積雪的森林旁邊。

「轟進森林裡面會挨樵夫工會和狩獵工會的罵，所以挑這附近好了。」

「妳的人生為什麼會那麼充滿鬥爭啊？每天都得新增敵人妳才會甘心是不是？妳沒有想過稍微活得安穩一點嗎？」

「我要走的是修羅之道。那種一點刺激都沒有的人生可以去吃屎。好了，我要出招嘍！好好見識吾之力量吧！」

惠惠這麼說完，高聲詠唱魔法之後……

「『Explosion』————！」

便使盡渾身解數，對著森林附近的平原發出爆裂魔法！

——就在這個時候。

我覺得好像聽見不同於這裡的某個遠處響起了爆炸聲。

5

隔天。

「事情就是這樣，我們針對惠惠小姐頒布了爆裂魔法禁止令。雖然說惠惠小姐不是犯人，但既然找不到真正的犯人，再怎麼樣也只能請妳忍耐……」

「我拒絕。」

再次來到我們的豪宅的蘿莉艾莉娜正與惠惠對峙。

不知道該說果然還是怎樣，在我們離開城鎮到回來的這段期間，森林裡似乎又觀測到爆炸了。

目前我們知道的，只有在惠惠去發魔法的時候，犯人也會配合她的行動施展魔法這件事情而已。

原則上，昨天陪惠惠去的我姑且是她的不在場證明，不過在解決案件之前禁止使用爆裂魔法的命令終究還是頒布了。

「妳這是在叫本小姐去死嗎？紅魔族是充滿魔力的武鬥派種族。必須不斷施展魔法、持續使用魔力，否則就會死掉。沒錯，要是本小姐幾天沒用魔法的話，失控的吾之力量將導致這個城鎮消失殆盡，無一倖免。」

「妳少隨便胡扯喔，混帳。如果真有這種道理，紅魔族在學會魔法之前就會全部死光光了吧。」

原本試圖設法哄騙蘿莉艾莉娜的惠惠抬頭看著我，一副要我別妨礙她的樣子。

『緊急任務！緊急任務！在鎮上的各位冒險者，請立刻到冒險者公會集合！』

然而，這樣的緊急任務廣播打斷了惠惠原本想說的話——

「——各位冒險者，感謝各位過來集合！是這樣的，有一群從冬眠當中醒過來的一擊熊在附近的田裡搗亂！數量超過十隻，光是田裡的作物恐怕無法滿足牠們。如此一來，牠們肯定會到城鎮附近找吃的東西！各位，請立即進入戰鬥態勢，準備迎擊！」

整裝來到公會後，只見櫃檯小姐以急切的態度不斷如此重複說明。

一擊熊，正如同這聽起來就很危險的名字，擅長以威力強大的前腳將敵人一擊斃命，是連資深冒險者一時疏忽都會不慎落敗的強敵。

這樣的強敵居然成群結隊進攻城鎮，到底是怎麼一回事啊？

「成群的一擊熊……太誇張了，這裡只有菜鳥冒險者，對付那種強敵肯定會有人喪命吧！」

跟著我們過來的蘿莉艾莉娜一臉蒼白地放聲大叫。

冒險者們察覺到蘿莉艾莉娜的反應，紛紛開口：

「那位小姐妳說得很對，我們當中可能會有人喪命。儘管如此也要為了保護鎮上的居民而戰，這就是我們冒險者的工作。」

「是啊，畢竟我們都是為了這個目的才成為冒險者的，早就做好丟掉小命的覺悟了。大家說對不對！」

「沒錯！這位漂亮的小姐，事情包在我們身上。要是我們能活著回來再一起喝酒吧！」

「不過就是熊而已嘛，算什麼啊。我們不會讓任何一隻闖進這個城鎮的！」

聽了這番氣勢如虹的發言，蘿莉艾莉娜以望著英雄的眼神看向冒險者們，臉都紅到發燙了。

而那些冒險者全都一臉輕鬆地注視著我身旁的人。

沒錯，就是帶著法杖的惠惠。

「各位的決心真是太了不起了。這樣看來應該輪不到我出馬吧。」

「「「咦！」」」

平常總是第一個說出那是她的獵物之類的話的惠惠表示要退出，讓在場的冒險者們全都原地當機。

「不不不，惠惠，妳想想，這種狀況才是妳出馬的時候吧！只靠我們確實能設法解決。能設法解決但可能會有人死掉。可是，有妳的力量的話……」

「是啊是啊，沒錯沒錯！只靠我們也是打得贏，但惠惠出馬的話是一擊搞定耶！」

「一擊熊那種貨色妳才不放在眼裡對吧！我倒覺得惠惠才應該擁有一擊魔道士的名號呢，對吧？對吧！」

「惠惠小姐，現在才是妳出馬的時候吧！小弟想見識一下惠惠小姐帥氣的一面！」

看來在場的冒險者們都樂觀地以為可以靠惠惠的爆裂魔法結束這件事。

「既然有這麼多冒險者在，大家好像都幹勁十足的。這樣看來，也輪不到我阿克婭小姐出場了吧。吶，和真，我還有維持暖爐裡的火不熄滅這個重要工作。今天我就先回去嘍。」

「「「「咦咦！」」」」

阿克婭也接著宣布退出，更讓冒險者們放聲慘叫。

大概是因為在暖爐前打盹的時候被吵醒讓她很不開心，她好像很想盡快回家去。

期待在事有萬一時有阿克婭的復活魔法可以罩的冒險者們，一看就知道臉色開始蒼白了起來。

這時，面對著這樣的冒險者們，惠惠以像是在演話劇般的口吻大聲說道。

「再說，我目前還被這位蘿莉艾莉娜副局長懷疑是爆炸案的犯人，被她禁止使用爆裂魔法呢。如果沒有那個禁止令就可以用吾之必殺魔法招呼熊群了說，太可惜了。唉，真的是太可惜了。」

「等等，惠惠小姐！」

惠惠這麼轉嫁責任，讓蘿莉艾莉娜放聲大喊。

冒險者們的視線自然而然都集中到蘿莉艾莉娜身上。

「嗚嗚……惠、惠惠小姐，現在情況緊急，剛才的爆裂魔法禁止令我能暫時解除……」

蘿莉艾莉娜似乎承受不了那樣的視線，臉頰不斷抽搐，戰戰兢兢地這麼說。

聽了這番話，惠惠更是做作地垮下雙肩。

「暫時解除嗎？換句話說，在我賭上性命解決了一擊熊之後又要被禁止嘍？這麼一想我就提不起幹勁了說……」

「啊啊啊啊啊，我明白了——！我取消禁止令就是了，麻煩妳討伐一擊熊！」

眼前的雪原上，有一群巨大的熊發出警戒的低吼。
與之對峙的是自稱這個城鎮首屈一指的魔法師。
包括我在內的冒險者們，為了防範在爆裂魔法之下有漏網之魚而待在惠惠身後不遠的地方守候著她，以便隨時上前支援。
在所有人都屏息以待的狀況下，惠惠開始詠唱魔法。
因為經常聽惠惠的詠唱，我感覺得出她的詠唱速度比平常詠唱時還慢。
看來是因為集全體冒險者的視線於一身讓她想吊人胃口吧。
終於，在詠唱結束的同時，惠惠高高舉起法杖。

「嚐嚐吾之力量吧！『Explosion』————！」

光芒從法杖前端疾馳而出，刺進成群的一擊熊的正中央。
在伴隨著劇烈爆炸聲的衝擊波吹襲這一帶後，留在現場的只剩下一個巨大的隕石坑。
在耗盡魔力的惠惠倒下之際，冒險者們放聲歡呼。
「好、好厲害……這就是爆裂魔法……」

身為唯一一個還不習慣看見這幅光景的人，蘿莉艾莉娜茫然地如此呢喃。

這個人說她略懂用劍所以也跟了過來，看來是被魔法的威力給嚇到了。

對這樣的蘿莉艾莉娜，渾身疲軟的惠惠在我的支撐下帶著依然炯炯有神的眼神說道：

「這才是吾之爆裂魔法……如何？之前發生的爆炸案當中所留下的爆炸痕跡，有大成這個樣子嗎？」

說完，惠惠有氣無力地對她笑了。

看見她的模樣，蘿莉艾莉娜靜靜地閉上眼睛，搖了搖頭。

「……不，之前不曾出現過這麼巨大的隕石坑……惠惠小姐。」

她目不轉睛地注視著惠惠。

「這次將妳當成嫌犯，真的非常抱歉。請容我鄭重地再向妳道歉一次。」

說完，她對惠惠深深一鞠躬。

在這個瞬間，惠惠在蘿莉艾莉娜心目中的嫌疑徹底被洗清了。

「呵呵，妳明白就好。光是能完全消除我在妳心目中的嫌疑就夠了。而且，這次能夠掃蕩熊群也讓我的心情十分舒暢。我原諒妳。」

聽惠惠這麼說，蘿莉艾莉娜輕聲笑了。

「我、我也很抱歉，我不應該懷疑妳的，惠惠！說得也是，就算是惠惠也不是一天到晚只會闖禍。下、下次我會買好吃的蛋糕登門道歉……！」

「呵呵，看在蛋糕的份上，我就原諒妳好了。今後，芸芸也該學學和真，稍微多相信我一點喔……還有，和真。」

惠惠害臊地面對著我。

「願意真正相信我，真的很謝謝你。」

說完，她滿足地朝我露出笑容——

「——這到底是怎麼一回事！喂，和真，我不在的時候發生了什麼事！」

這群人應該是達克妮絲老家的私人軍隊吧。

帶著一群全副武裝的壯漢從山地那邊回到這裡來的達克妮絲，一看見隕石坑前面的我們便驚叫出聲。

「喂，達克妮絲，妳上哪兒去啦？剛才出現了一群從冬眠當中醒過來的一擊熊，還動用緊急呼叫了好嗎？如果沒有惠惠的精采表現，事情可就嚴重了。」

「你、你是說真的嗎！唔，一擊熊會在這種季節現身恐怕是之前的爆炸案所造成的弊害吧。聽說昨天森林裡也發生了爆炸，牠們一定是那個時候醒過來的吧。」

這麼說來，最重要的爆炸案還沒解決呢。

「這是那名爆炸客搞的鬼嗎？看來明天開始得認真起來解決這個案件才行了呢！有本小姐在，明天就讓你們見識一下紅魔族的高超智力！」

看見被我攙扶的惠惠這麼亢奮，達克妮絲露出僵硬的笑容。

「啊啊，那個……關於這件事情呢，惠惠。案件已經解決了。」

說完，達克妮絲從她身後的壯漢手上接過一根菇類，拿給我們看。

顏色黝黑又長滿尖刺的菇類，光是用看的就知道它散發出來的氣息有多危險。

「這是一種名叫地雷蘑菇的菇類。在某種特定的條件下，會發生相當驚人的爆炸。在山麓和山間地區，都長了很多這種蘑菇。今後，我會召集人手採收蘑菇，進行適當的處理。我想，森林裡大概也長了和這個一樣的菇類吧。那邊也得進行同樣的處理才行。」

聽她這麼說，我們重重地嘆了一口氣。

「什麼嘛，一群人這麼大驚小怪的，原來是會爆炸的香菇搞的鬼喔。那我們幹嘛那麼辛苦啊。」

「就是說啊，害我還被一大堆人懷疑，真倒楣。用吾之爆裂魔法轟到灰飛煙滅好了，就這樣處理那種香菇吧。達克妮絲，麻煩妳負責採收的部分就好。處理的部分請交給我。」

聽我和惠惠這麼說，達克妮絲的眼神飄忽了起來。

「不，那個……我不建議讓惠惠處理。這個我們會確實銷毀的……」

看見達克妮絲的反應，我不經意地問：

「……吶，妳說那個香菇只會在某種特定的條件之下爆炸對吧？妳說的……是怎樣的條件？」

聽我這麼問，達克妮絲先是猶豫了一下。

「……感應到附近有強大的魔力就會爆炸。」

說完，她轉過頭去不敢看惠惠。

…………

「……咦？所以是怎樣？比方說在長了一整片香菇的森林附近施展爆裂魔法的話……」

「就會爆炸。」

「…………其他像是，在山地附近施展爆裂魔法也會……」

「當然也會爆炸。」

喂。

「……不是啦。我說，真的不是啦。」

依然被我攙扶著的惠惠瘋狂冒汗，別過頭去如此低語。

什麼東西不是妳說說看啊，我洗耳恭聽。

蘿莉艾莉娜拿出手銬，在我們無言的注視之下……

「對啦，說到爆炸就是本小姐！說到我的話呢，沒錯，就是爆炸！沒關係啊、沒關係啊，以後要是發生同樣的事情，儘管全都怪到我頭上來好了！可是有一句話我一定要說。要懷疑別人的話，至少也該等到像這樣找到證據之後再說——！」

「惱羞成怒講那種話也沒用啦，我怎麼會笨到相信妳啊！」

需要保護的十字騎士

1

「和真，有任務！我們去出任務吧！」

某天的午後。

我在暖爐前努力不懈地做著家庭代工時，達克妮絲對我這麼說。

「妳沒頭沒腦的在說什麼啊？我才不要，天氣這麼冷。而且冬天只有強大的怪物在活動不是嗎？等到更暖一點再說吧。」

我停下縫製皮囊的動作這麼說，結果身旁也傳出同意的意見。

「沒錯沒錯，這種季節還是窩在家裡最好了。等我和惠惠的這一局玩完以後，達克妮絲也一起來玩如何？惠惠老是用一些奇怪的規則，我完全贏不了她。」

「什麼奇怪的規則啊，沒禮貌。讓大法師脫逃到棋盤之外的瞬間移動魔法，還有一天可以掀棋盤一次的爆裂魔法都是官方規則喔。」

我對著正在玩桌遊的兩人說：

「妳們倆也好不到哪裡去，稍微幫忙做一下家庭代工好嗎？為什麼我還得獨力償還債款不可啊？」

「我和惠惠要為了防範終將到來的事有萬一之時而保留魔力和體力。我們對這個城鎮而言是形同最後王牌的存在，所以乍看之下或很像是在玩，但這也是工作之一喔。現在是非常重要的局面，不要干擾我們。」

「對，這也是正式的工作。事情就是這樣，吾之大法師發動魔法攻擊。大祭司死亡。」

「哇啊啊啊啊啊——！都怪和真中途搗亂，害我陷入危機了啦！我們在賭下週誰要負責打掃耶，如果我輸了要怎麼辦啊！」

放棄那兩個完全不打算幫忙的傢伙，我正打算繼續做家庭代工的時候……

「這種小家子氣的工作現在一點都不重要！來，你看這個！」

「啊啊，妳幹什麼啊！不幫忙也就算了還這樣干擾我是什麼意思……嗯？」

我把桌子上的皮囊推到一邊，瀏覽著達克妮絲拿給我看的紙張。

「神祕的懸賞怪物『強壯的使者』！位於阿克塞爾南方的湖泊，周邊有一大片廣大的森林……森林深處有一座凋零的神殿，聽說這隻懸賞怪物就躲在裡面。」

她拿給我看的紙張上面畫了卡通造型的可愛圖片，圖片是一隻雙手末端是觸手，臉長得像章魚的人型怪物。

「……我看，妳是對這隻怪物的觸手產生反應了吧？」

「才不是。竟然褻瀆十字騎士的高尚騎士道精神，你這個無禮之徒。關於這隻懸賞怪物，目前幾乎是一切成謎。除了名字以外，幾乎沒有關於牠的情報，有一說是那可能是土之大精靈根據某個人的想法而實體化的模樣。所以，冒險者公會對我發出了調查委託。」

調查委託？

「為什麼別人不找偏偏找妳啊？公會職員什麼時候變得那麼不會看人了？如果目的是為了調查怪物的生態，應該有更多其他適合的人選吧。比方說能消除氣息的盜賊職業，或是具備遠視能力的弓手職業之類的。」

對於我的疑問，達克妮絲彎起手臂，用力挺起胸膛。

「對手可是懸有重賞的怪物。在這不知道對方有什麼能力的狀態下，對於孱弱的盜賊或弓手職業而言都太危險了，所以才決定先由阿克塞爾第一耐打的我與之對峙，觀察狀況。」

「……原來如此。妳的臉皮那麼厚，即使被從未見過的怪物攻擊多半也能挺過去吧。」

「不准說我厚臉皮，無禮之徒。不過反正就是這麼一回事。既然不知道對方有怎樣的特殊能力，由我挺身調查敵人的能力是最好的選擇。」

……這樣啊。

「妳姑且還是有好好想過嘛。既然如此，如果只是跟妳去是無所謂。害我還誤會妳只是想被觸手怪物凌虐而已呢。不過，既然是要調查怪物的話，用我的潛伏技能和千里眼技能來觀察對方，光是這樣就能夠達成委託的話當然是再好不過……」

「你在說什麼啊愚蠢之徒！這樣我接委託還有什麼意義！」

……

「我看妳果然只是對觸手產生反應了對吧？」

「……才不是。」

2

從阿克塞爾南下，一座小山逐漸映入我們眼中。

小山的山腳下有個混濁的湖泊，湖泊再過去是一大片陰暗又茂密的森林。

「吶，我覺得好像感覺到某種邪惡的氣息耶。不要繼續深入，回家喝酒作樂才是正確的選擇，我的直覺是這樣強烈建議我的。」

「妳只是因為很冷才想趕快回家而已吧。應該說，妳和惠惠自己不是說過嗎？說妳們是在為了終將到來的事有萬一之時而做準備。現在就是妳們所說的終將到來的事有萬一之時，所以乖乖走吧。」

我們做好了冒險的準備，拖著唯一還在使性子的阿克婭，闖進了茂密的森林裡。

「那隻我忘記叫什麼的懸賞怪物就躲在這座森林裡對吧。就是這個，我就是在等這種的。何必一點一點狩獵其他小嘍囉般的怪物，應該挑懸有重賞的怪物來一獲千金！這才是冒險者該做的事情吧！」

心情異常亢奮的惠惠如此大呼小叫，和阿克婭正好成對比。

「這次的目的是調查怪物，不需要勉強交戰喔。總之，萬一我被觸手怪物抓住了，你們可得毫不猶豫地逃走喔。聽好，千萬不要想來救我。」

「妳這傢伙，之後即使妳哭著求救，我也會真的丟下妳不管喔。」

沒理會這依舊不改本色的變態，我們朝傳出怪物目擊情報的地點不斷往森林深處前進。

目前我的感應敵人技能還沒有反應。

「吶，我們還是回去好不好？冬天的怪物很強喔？要是遇見了那隻懸賞怪物以外的孩子，對現在的我們都是危機喔？」

提心吊膽地跟在最後的阿克婭一邊這麼說，一邊東張西望地看著附近，不過……

「惠惠就是為了這個而存在的不是嗎？平常只會毫無意義地施展爆裂魔法還有破壞東西和玩桌遊，沒做過任何一丁點有生產性的事情的米蟲二號終於有派上用場的時候了耶。妳身為一號難道一點都不心虛嗎？」

「喂，你口中的米蟲二號不用多猜也是在說我對吧。如果你真是那個意思就是想找我打架，那我樂意奉陪！」

「吶，一號不是在說我吧？不是在說我對吧！」

沒多加理會吵鬧的兩人，我依然發動著感應敵人技能刺探周遭的狀況，同時帶頭前進。

應該說，我們明明是來調查的，真希望她們可以不要大聲喧嘩。

別說懸賞怪物了，要是真的被其他小怪發現了……

——我忽然察覺到了。

即使我們吵鬧成這樣，也沒有任何聲音。

還有這座森林明明如此廣大而茂密，卻沒有一隻鳥因為發現我們而振翅飛走，甚至連蟲鳴聲都聽不到。

我不禁原地止步，開始環顧四周，而惠惠和達克妮絲看見我的狀況大概也想通了什麼，默不作聲。

「給我走著瞧你這個臭尼特，我今天就好好表現給你看，讓你為了把我當成米蟲而道歉！快點啊，別站在那種地方，趕快前進啊！快點走啊！」

唯有還是不懂得看場合的某人依然故我，於是我將食指抵住她的嘴唇，示意要她安靜。

「……情況不太對。別說怪物了，我連鳥獸的氣息都感覺不到。總覺得有種不祥的預感，今天就……我並不是要跟妳勾手指好嗎！」

正當我對著伸出小指來勾我的食指的阿克婭放聲大罵時，簡直像是在特地等到這個狀況似的——

「和、和真和真。有東西在那裡耶。那棵樹的後面，有某種扭來扭去的東西。」

聲音顫抖的惠惠指著一棵樹，樹後有某種可疑的不明物體。

看見的瞬間就渾身起雞皮疙瘩，接著在劇烈心悸的同時感受到恐懼並為之顫抖，那就是如此邪惡的存在。

由於嚴重想吐及極度恐懼，我無法好好觀察，瞬間就別開了視線，不過那是一隻和畫像上的可愛生物沒有任何一丁點相似的觸手生物。

那隻神祕的懸賞怪物從樹後現身。

令人難以直視的那個東西，發出令空氣為之震盪的怪異叫聲之後——

「撤退！」

「哇啊啊啊啊啊啊！和真先生——！和真先生——！不要丟下我啊，和真先生——！」

「白痴，趕快跟上！惠惠也不要邊哭邊詠唱魔法了，快跑快跑！那絕對是某種不應該碰的東西！」

瞬間陷入一陣慌亂的我們，有的在哭、有的想逃、有的不管三七二十一的開始詠唱魔法，就在大家各自想到什麼做什麼的時候。

「和和和、和真！啊啊，那個不行，唯有那個我生理上無法接受！那個觸手是不好的觸手！那是不應該存在於這個世界上的某種東西！」

「妳這個白痴，在這種非常事態下還提什麼觸手不觸手的啊！那個東西不好惹這種事情用看的就知道了，那傢伙到底是什麼啊！」

追著一馬當先地逃跑的我，阿克婭、惠惠、達克妮絲都依序跟上。

「我我我、我記得大家好像都叫牠『強壯的使者』、還有『伏行之混沌』，據說可能是土之大精靈什麼的……！」

強壯的使者……伏行之……

伏行之混沌！

「白痴喔，那可是危險到了極點的東西吧！」

對電玩和奇幻世界有認識的人應該多半都知道的狠角色。

即使出了什麼差錯也不應該存在於這種新手鎮附近的東西。

達克妮絲說那是土之大精靈。

我記得，這個世界的精靈們會根據第一個遇見的人的想法而實體化。

伏行之混沌。

克蘇魯神話當中出現的土之精靈，也有人說是邪神的恐怖存在。

既然這個世界有那種東西，就表示大概是不知道哪裡來的哪個傢伙在見到冬之精靈的時候就聯想到冬將軍一樣，想說既然是土之精靈那應該是……就像這樣一時興起——！

「又是不知道哪裡來的蠢材搞出來的嗎啊啊啊啊啊啊！」

「和真，你怎麼了！現在不是哭的時候！」

對不起，我代表日本人道歉對不起！

不過，現在知道那不是本尊，我放心了一些，轉頭看向背後。

這時，我看見的景象是——

「那傢伙好像有什麼企圖！」

我不知道那個東西的眼睛在哪裡，不過從那個氣氛隱隱約約至少可以感覺到牠目不轉睛地看著我們這邊。

那個東西對著我們這邊舉起觸手，打算發射某種東西——

然而就在這個時候。

「『Explosion』————！」

跟在最後面的達克妮絲挺身保護我們免受牠的侵襲的同時，惠惠的魔法也轟了出去。

揹著用光魔力的惠惠，我們頭也不回地逃走了——！

3

逃回鎮上後，我把因為魔力耗盡而虛脫無力的惠惠放在沙發上躺好。

「真是的，我暫時不會再接任務了喔！那傢伙是怎樣啊，嚇死人了！我看今晚肯定會夢到牠吧！」

回想起剛才的那個東西就讓我毛骨悚然，渾身顫抖。

不對喔，等一下。

如果這樣下去可能會夢到牠，不如先去那間店，決定今晚的夢境……

正當我因為自己想到的好主意而暗自頷首時，阿克婭開口道。

「吶，達克妮絲呢？把我們帶去見那麼恐怖的東西的達克妮絲上哪兒去了？接下來我還想花上將近一個小時對她說教，讓她知道我剛才受到多大的驚嚇才甘心。」

「那傢伙回房間換過衣服之後就去公會報告了。要說是調查這姑且也算是調查。應該能確實得到報酬才對。今天就吃些好吃的東西狂歡一下吧。」

「真是個好主意。大家一起吃大餐、喝高級的酒，忘掉那個東西吧。」

我對著儘管渾身虛脫還是露出笑容的惠惠說：

「啊，我今天不喝酒。還有，我要外宿。」

「為什麼！」

在我們這樣的對話中，達克妮絲拿著看似報酬的袋子回來了。

「我回來了。大家都辛苦了。公會的職員表示，那座森林暫時要列為禁止進入地區了。

那不是我們應該對付的對象。事情就是這樣，這好像是這次的報酬……呼。總覺得袋子好重……」

大概是今天的戰鬥讓她很吃不消吧，已經卸下鎧甲、換好衣服的達克妮絲把袋子放到桌子上。

「吶，達克妮絲，剛才那個傢伙是什麼啊？老實說那真的超恐怖的！幸好女神不用上廁所，要是我是普通人類的話可能差點就要嚇到失禁了！」

「話、話雖如此，這個調查也很重要……啊啊，等、等等，阿克婭，妳有那麼生氣嗎！力、力道稍微放輕一點吧……！」

說著，遭到阿克婭襲擊的達克妮絲的雙手被抓住，很難得的被壓倒在桌子上。

「……妳是怎麼了，達克妮絲？我沒有很大力啊……我知道了～妳演得自己一副很虛弱的樣子，想表達自己今天已經累了，藉此躲避我的怒氣對吧？妳這孩子真是的居然來這套，我就來試試妳可以演到什麼時候！」

「慢、慢著，阿克婭，妳在說什麼啊！等等、住手！啊啊！」

看見兩人開始在桌子上扭打，我先是覺得看不下去，但是後來發現狀況好像和平常不太一樣。

「……吶，達克妮絲，妳今天究竟是怎麼了？平常老是愛管教我的達克妮絲居然變得這麼孱弱，害我開始覺得有點開心了。」

「唔……！這到底是怎麼一回事！喂，阿克婭，妳是不是對自己施展了增強肌力的支援魔法！本、本小姐居然會在比力氣的時候輸給阿克婭……！」

……果然很奇怪。

達克妮絲基本上是個老實人，沒道理在這種事情上裝模作樣。

我默默地靠過去，要求阿克婭和我交換位置。

「！別、別這樣和真，你到底是何居心！應該說怎麼連你都變得這麼……！你們兩個，力氣為什麼突然變得這麼大啊！」

錯不了了。

「喂，這傢伙好像變弱了！」

「「「！」」」

——我們讓弱化的達克妮絲坐在沙發上，圍在她身邊。

平常總是一派強勢的達克妮絲，現在像是借來的貓一樣溫順。

而對這樣的達克妮絲。

「達克妮絲、達克妮絲，我非常想和妳比腕力！」

透過「Drain touch」從我這裡分到魔力的惠惠，興高采烈地想和她一決勝負。
「嗚……不、不好吧，今天我還是不奉陪了……」
「是怎樣？妳可是達克妮絲耶！妳可是十字騎士耶！我一個魔法師職業向這樣的妳挑戰比腕力，難道妳要拒絕嗎！太令人失望了，沒錯我真是太失望了！快把平常那個可靠又帥氣的達克妮絲還給我！」
「唔……！我、我明白了，那就來一決勝負吧！」
「這樣才是達克妮絲！不愧是吾之小隊的十字騎士！」
個性有點愛欺負人的惠惠怎麼可能放過這種機會。
「倒——！」
「啊啊！」
毫不客氣、不留情面地輕鬆贏過達克妮絲之後，惠惠表示：
「妳是怎麼了？達克妮絲，不要因為對手是我這個魔法師職業的人就放水喔？」
說完，惠惠抓住雙手掩面趴在桌上的達克妮絲的肩膀，一邊竊笑一邊搖晃她。
「話說回來，怎麼會突然變成這樣啊？是不是因為素行不良而遭受等級降低的天譴了？啊，把我藏起來的泡芙吃掉的就是妳對吧！所以艾莉絲女神才會這樣制裁妳，一定是這樣沒錯！」

「蠢貨，誰會做出那種事情來啊！關於我平日的所作所為，我問心無愧！這肯定是詛咒之類的東西！」

「是啊，達克妮絲說的沒錯，這是詛咒。而且藏在櫥櫃最裡面的泡芙是我吃掉的。達克妮絲平常都會幫我做需要出力氣的粗活，怎麼可能會遭天譴呢。」

阿克婭一邊豎起手指放在臉頰上，一邊一臉認真地盯著達克妮絲看……

「喂，我的泡芙是妳吃掉的嗎？」

「這是詛咒嗎？如果是這樣的話，就表示剛才和我們交戰的那個東西，對達克妮絲施加了詛咒嘍……？」

聽惠惠這麼說，阿克婭用力點了頭。

「是的，不會錯的。這是削弱目標的緩效性詛咒。」

「喂，妳別想蒙混過去。妳給我把泡芙買回來。那可是排隊名店的泡芙，很貴的喔。」

「『Sacred break spell』！」

阿克婭把我的話當成耳邊風，對著達克妮絲詠唱魔法。

接著她露出試圖安撫人心的笑容。

「這樣就沒問題了。不過施加詛咒的對手非同小可，再加上又是緩效性的詛咒，所以解咒需要的時間會比平常久就是了。短時間內弱化效果可能還會繼續加劇，不過只要忍耐個兩三天，詛咒就會解除了。」

「喂。我在叫妳啊。給我轉過來喔，不准不理我。」

或許是聽阿克婭這麼說以後放心了吧，達克妮絲鬆了一口氣，站了起來。

「這樣啊……那就好了，一時之間我還擔心自己不曉得會變成怎樣，不過只是這樣的話也不至於影響到日常生活吧。那麼今天輪到我倒垃圾，我去完成我的工作。」

說完，她伸手去拿我們堆放在玄關準備拿到附近的垃圾集中處的垃圾袋……

「……唔。動、動啊……！呼……呼……那、那個，不好意思……來個人幫忙我一下好嗎……？」

卻拿不起來，露出一臉歉疚的表情。

4

隔天早上。

「……吶，和真。我總覺得我好像怪怪的。」

「我覺得妳平常已經夠怪了，不過姑且還是問一下好了。到底是怎樣怪？」

這麼說的同時，我已經隱約猜到阿克婭的答案了。

「就是啊，從昨天晚上開始，我就有一種強烈的感覺……」

阿克婭看著試圖打開果醬瓶而費盡千辛萬苦的達克妮絲。

「唔……！蓋、蓋子好緊，我打不開……阿、阿克婭，不好意思……」

「我知道了，妳想要我打開這個對吧？好了，開了喔，達克妮絲。」

「謝謝。」

然後就像這樣替她打開瓶蓋。

「——不知怎地，達克妮絲引發了我的保護欲。」

……我也不是不懂。

大概是肌力的弱化比昨天更嚴重了吧，就連瓶蓋也打不開，必須依賴我們，這樣的達克妮絲一點都沒有平常可靠的模樣，該怎麼說呢，就是……

「那個，不好意思，和真。我想泡紅茶，可是茶壺太重了……」

「我知道了，交給我吧。茶而已，我幫妳泡。」

一臉傷腦筋的達克妮絲，從昨晚開始就享有我和阿克婭寸步不離的貼身照顧。

該怎麼形容這種感覺呢？

穿著寬鬆的純白家居服，拿不了比茶杯重的東西，光是爬樓梯就會氣喘吁吁的那個模樣，簡直就像是嬌弱的貴族千金。

「謝謝你。」

這樣不同於以往的達克妮絲，光是幫她把紅茶倒進茶杯裡，她就會以一臉非常開心的表情道謝。

這是怎樣，我心裡開始小鹿亂撞了。

這種嬌弱到令人無法置之不理的感覺，非常能夠刺激保護欲。

……乾脆讓她保持這樣也好吧。

看見達克妮絲為了避免摔破而用雙手捧起茶杯、細細品味著紅茶的模樣，不只是我，似乎連阿克婭也有著同樣的心情。

「吶，和真。我看著現在這個嬌弱的達克妮絲，不知怎地總覺得心靈得到了慰藉。我開始覺得維持現狀也不錯了。」

「太巧了，我的想法也一樣。」

「你、你們兩位到底在說什麼啊！」

在達克妮絲花費比平常多上許多的時間，總算把東西吃完的時候。

「哎呀，達克妮絲。現在大家都把妳捧在手掌心，看妳過得有多爽。」

先吃完早餐之後就在廚房洗碗盤的惠惠來到大廳便這麼說。

「什、什麼被捧在手掌心，我才沒有……」

「被大家寵成這樣，妳還敢說自己沒被捧在手掌心啊！真是的，妳總算吃完了是吧？今天輪到我負責洗碗，妳快點把餐具拿來廚房，否則我什麼時候才能做完我的工作啊。」

惠惠說著這種小姑才會說的話，催促著達克妮絲。

達克妮絲連忙把餐具疊起來準備搬過去，然而……

「嗚嗚，好、好重……」

「是怎樣，妳現在該不會是要跟我說妳拿不動比茶杯重的東西了吧！真是的，平常正經八百又強勢、老愛教訓人的達克妮絲，現在變成這種弱不禁風的模樣是要我怎麼辦啊！」

激動到眼睛都發出紅光的惠惠趁這個機會盡情數落著達克妮絲。

我從以前就這麼覺得，這傢伙的個性有點嗜虐。

「惠惠，我知道妳想趁達克妮絲變弱的時候捉弄她，這種心情我非常明白，但小心她在恢復原狀之後會反擊喔。餐具而已我幫妳端過去就是了，達克妮絲好好休息……不過……妳這傢伙也好不到哪裡去嘛，現在是在喘什麼意思的？」

「沒、沒有啦，該怎麼說呢，只是覺得這樣也不壞……」

「妳、妳這傢伙……」

或許這個狀況對她們兩個而言其實很幸福呢。

——為了報告昨天的調查委託，我和達克妮絲一起來到冒險者公會。

「……事情就是這樣，那隻懸賞怪物似乎連詛咒都會用。這是追加情報。」

我立刻逮住一個公會職員，告訴他有關達克妮絲弱化的事，請他修正懸賞怪物的情報。

「謝謝你們提供追加情報。這樣看來，對於那座森林不只要頒布禁止進入的命令，更應該頒布接近禁止令才對。之後公會應該會發給佐藤先生一行人追加報酬，請等我們完成情報費的結算。」

有追加報酬真是再好不過了。

這樣距離清償債款又接近了一步，就在我這麼想的時候。

「唔喔喔喔喔喔！真的耶，達克妮絲變弱了！」

驚訝的吶喊響徹整個公會。

仔細一看，有一大群冒險者圍在達克妮絲身邊。

他們似乎聽說了達克妮絲變弱的消息，為了確定事情的真假而向她挑戰比腕力的樣子。

達克妮絲一次又一次接受挑戰，然後一次又一次輸掉，最後因為輸給女魔法師而趴倒在桌上。

「哎呀——沒想到會有這麼一天呢！」

「就是說啊，誰想得到有一天能贏過達克妮絲啊！」

「喂，達克妮絲，妳的長處明明就只有耐打和夠性感和那股蠻力而已，現在妳重要的特質少了一個是要怎麼辦啊？」

「呵呵、呵呵呵呵……！我靠比腕力贏過達克妮絲小姐了……！雖然是在她中了詛咒而變弱的時候，不過我確實是贏了！回旅店後我要向隊友炫耀！」

我連忙排開人群，介入其中。

「夠了，她現在變弱只是暫時的喔！你們這些平常老是被死腦筋的達克妮絲說教的人想趁現在好好整她一下的心情，我非常能夠體會，不過最好適可而止，否則小心等她的力氣恢復之後被反擊喔！」

「連、連你也是那麼想的嗎？」

達克妮絲聽了以後，帶著有點懷恨在心的眼神抬頭看了我一眼，然後又虛弱地趴下去。

「好了好了。來，達克妮絲小姐，這杯我請妳！今天妳應該不會接任務吧？來吧，一口氣乾了它！」

在這麼說的同時，剛才贏了達克妮絲的女魔法師端來裝滿酒的酒杯，放到桌子上。

大概是有點自暴自棄起來了吧，達克妮絲雙手抓住酒杯，準備大口喝下去——

「重、重到我沒辦法喝……」

最後卻是露出傷心的表情，抬頭注視著女魔法師。

……看來弱化的狀況比原本以為的還要嚴重。

被達克妮絲抬頭這麼一看，不知為何魔法師稍微紅了臉。

「……我幫妳扶著酒杯就是了。來，達克妮絲小姐妳可以嗎？啊，不要喝得那麼急，會灑出來……！」

說著，女魔法師幫達克妮絲扶著酒杯讓她方便喝，照顧她到了保護過度的地步。

看著那副模樣，冒險者們不知怎地舉止都變得有些可疑。

「吶，我好像有點怪怪的。總覺得達克妮絲看起來很像普通的女生。」

「我、我也是。她明明是達克妮絲，但該怎麼說呢，我卻有種想要保護她的感覺。」

我聽見冒險者們交頭接耳地說著這種話。

「好了，你們哪邊涼快哪邊去，要是敢捉弄達克妮絲小姐，我們可不會輕饒喔！」

「比腕力的時間已經結束了，你們看夠了沒啊！噓、噓！」

大概是和阿克婭一樣，保護欲被激發出來了吧，女冒險者們開始保護達克妮絲。

「靜下來一看，達克妮絲小姐有著一頭美麗的金髮又是碧眼，總覺得很有千金大小姐的感覺呢。像這樣照顧妳，我都有種自己變成女僕的感覺了。」

「這、這樣啊？」

雖然達克妮絲本人略顯困惑。

「看到平常認真又堅強的達克妮絲小姐變得這麼弱不禁風，現在和平常的落差會刺激母性本能……真讓人想多寵她一下，這個狀況未免也太犯規了吧。」

「謝、謝謝……」

平常沒接受過這種待遇的達克妮絲看起來似乎也不排斥現狀，任憑她們擺布。

「啊，和真先生。達克妮絲小姐之後我們會平安送回家，你可以先回去沒關係喔。」

最後，不知為何，變成了連我也被趕走的狀況。

……怎麼會這樣？

5

又過了一天的那個早上。

「來，達克妮絲，啊——」

「啊、啊——……」

開始習慣來自身邊的人的嬌慣的達克妮絲，正在讓母性本能覺醒的阿克婭餵她吃東西。

雖然說已經習慣讓大家為她盡心盡力，不過再怎麼說好像還是有點害羞，達克妮絲紅著臉，任憑阿克婭服侍她。

然後，對這樣的達克妮絲，有個異端分子則是坐在沙發上假裝看報紙，用報紙遮著臉，以發出紅光的眼睛觀望著狀況。

「……喂，阿克婭怪怪的我已經習以為常了，不過連妳都不對勁是怎麼回事？」

「我自己也很困惑啊。我現在好想立刻過去用力刁難達克妮絲，這種不應該的想法到底是什麼啊？我原本還覺得自己沒什麼奇怪的興趣，但是達克妮絲柔弱的模樣卻很能刺激我的神經。」

說的那是什麼話啊，又不是野生的野獸看見虛弱的獵物。

「……吶，阿克婭。妳說解咒需要花上兩三天對吧？那麼，詛咒應該差不多快要解除了吧？」

「是啊。應該已經到了任何時候解除都不足為奇的時候了，不過我照顧達克妮絲都照顧出興趣來了，所以覺得一直維持現狀也不錯。來，啊——」

「嗚嗚……我其實不討厭有大家隨伺在側的狀況，但還是希望詛咒能盡快解除……」

自覺顏面盡失的達克妮絲如此低吟，乖乖張開嘴巴。

雖然阿克婭說了那種蠢話，但維持現狀的話我會很傷腦筋。

冬天過去之後我們還得賺錢才行。

的確，或許是因為弱化的影響，現在的達克妮絲連個性都變得比較懦弱一些，很能刺激保護欲。

由於肌力低落而不得不依賴我們，又不能像往常那樣拿出強硬的態度對我們說教。

再加上她原本就是個美女，身材又好，在這個狀態下感覺就是個沒什麼太大問題，充滿吸引力的女人。

……

「吶，有沒有什麼延續詛咒的辦法啊？」

「怎麼連你也說那種話！到底是怎麼了？你和阿克婭和惠惠，每個都一樣，大家到底是怎麼了！」

或許是因為平常總是不被當成一回事而不習慣現在的狀況吧，達克妮絲也不知道是在掩飾害羞還是真的動怒了，紅著臉站了起來。

「真是夠了，這種地方我哪待得下去啊！我要去冒險者公會！」

然後說著這種怎麼聽都像是死亡旗標或是在作球的台詞……

「……我看是因為昨天在冒險者公會大家都特別照顧妳，妳想再去嘗點甜頭吧。」

「才才、才沒有。」

就在這個時候。

『緊急任務！緊急任務！各位冒險者請在完成戰鬥準備之後盡快到冒險者公會集合！』

就像這樣，許久沒聽到的緊急廣播響徹整個城鎮。

——除了弱化到無法裝備武器防具的達克妮絲外，各自完成戰鬥準備的我們抵達冒險者公會時，裡面已經陷入一團混亂了。

公會職員和冒險者們都東奔西跑，大量徵收魔藥等道具再發放給前鋒職業的人之類的，全力為了戰鬥在做準備。

「啊，佐藤先生！你來得正是時候！」

我們一露面，公會職員便衝了過來。

「這個狀況是怎麼一回事？」

對於我的疑問……

「事情是這樣的，之前佐藤先生一行人遇見的懸賞怪物出現在城鎮附近……！」

職員給了這麼一個非同小可的回答。

「請等一下，那個東西出現在城鎮附近嗎！我應該賞了牠一發爆裂魔法才對，難道牠已經恢復了嗎！」

或許是對於自己在那個東西發動詛咒的同時轟出去的爆裂魔法非常有自信吧，惠惠驚叫出聲。

「那個東西原本是土之大精靈，對魔法也有相當強的抗性，即使威力大如爆裂魔法也無法一招解決吧。不過，如果是現在的話……！」

根據職員接下來的說法，那個東西似乎受了很嚴重的傷。

不如說，就是因為受了重傷而氣憤不已，才來到城鎮附近了吧。

「既然如此，再讓惠惠賞牠一發魔法的話……」

「是的，一定可以解決掉才對……」

說著，我和職員的視線都落到惠惠身上。

「再面對牠一次，是吧……老實說我相當害怕，不過這也是無可奈何的事情。」

但她卻說出這種我不曾聽過的喪氣話。

「平常從不瞻前顧後，對任何人都敢挑起爭端的妳居然會害怕，還真難得啊。」

聽我這麼說——

「我當然害怕啦。因為現在達克妮絲變弱了。平常我之所以能夠專注在爆裂魔法上，是因為我確信無論發生任何事情，達克妮絲都會保護我。」

惠惠輕描淡寫地如此表示。

大概是聽見了她這番台詞吧。

來到公會就有其他冒險者殷勤地幫她拉椅子，享受著眾人呵護的達克妮絲開口道。

「……雖然肌力弱化到無法穿上鎧甲，儘管如此，我還是比其他冒險者耐打。要當肉盾我還可以。」

說完。

她面對我們，這幾天虛弱的模樣已不復見，帶著一如往常的可靠表情，露出了笑容。

這似乎也成了一個契機。

「就連虛弱成這樣的達克妮絲也要上前線，這種時候還不出動的話就太窩囊了！」

「達克妮絲小姐有我保護！」

「連筷子也拿不動的達克妮絲小姐都說要戰鬥了，我當然也要出手！」

儘管沒有鎧甲，也拿不動武器，卻宣布要戰鬥的達克妮絲觸發了冒險者們。

看見冒險者們這樣的表現，達克妮絲開心地靦腆一笑……

「各位，謝謝你們。這場戰鬥結束之後……」

「哎呀！吶，達克妮絲，根據我清明澄澈的雙眸所見，妳的詛咒好像已經解除了喔？」

然後被阿克婭這樣宣告。

「咦？」

達克妮絲不禁以疑問回應。

「詛咒已經解開了呢。而且是乾淨溜溜一點也不剩。妳用力看看，應該已經可以像平常一樣出力了吧？」

被阿克婭這麼一說，她乖乖握住桌子的邊緣，在手上運力……

「……剛才『啪』了一聲對吧。」

「桌子發出了不應該發出的聲響對吧？」

在有點倒彈的冒險者們面前。

「詛、詛咒居然這麼剛好在這時解除，我想這也是艾莉絲女神的保佑……！」

達克妮絲調適好心情之後揮起拳頭，高聲宣言，卻因為有人「砰」地一聲打開公會的門而被打斷。

「喂，大家開心一點吧！維茲魔道具店的老闆剛好在城鎮外面，她對著已經很虛弱的那個東西發出爆裂魔法，解決掉對方了！」

聽見了也不知道時機應該算好還算壞，教人不知該如何判斷的那道聲音。

「……咦？」

達克妮絲緩緩地將她高舉的拳頭放下。

「原來如此，施加了詛咒的本人消失了，所以達克妮絲的詛咒也跟著解除了是吧。太好了，達克妮絲，這樣妳就變回以往的樣子了！」

不懂得看場面的阿克婭的這番話。

「好，喝吧。」

「說得也是，今天的阿克塞爾還是一樣和平，什麼事情都沒有發生。」

「那個弱不禁風又可愛的達克妮絲小姐已經不見了啊……」

當冒險者們紛紛各說各話地離開達克妮絲身邊之際——

「……吶，和真。我們找找其他可能會行使弱化詛咒的大精靈……」

「要討伐的話我可不去喔。」

幸運出奇的銀髮少女

1

事情發生在我們打倒魔王軍幹部貝爾迪亞，背負起龐大債務後過了好一陣子的某一天。

當我走在阿克塞爾的商店街尋找能賺錢的商機時，看見一個熟悉的人抓住了個熟面孔。

「等一下！阿克婭小姐，這是有理由的！」

「既然知道要叫我阿克婭小姐的話，可見妳還有點本事，不過很可惜，我可不會縱放素未謀面的小偷……啊！和真你看你看，我立功了！雖然不太清楚是怎麼回事，不過我抓到小偷了！」

我看到的，是一臉跩樣，好像想叫我誇獎她的阿克婭。

然後被這樣的阿克婭逮個正著的，是拿著不知道是誰的錢包的克莉絲。

「喂，阿克婭，放開她吧。應該說，那個人不是素未謀面的小偷，是妳之前也見過一面的盜賊——克莉絲。」

「……克莉絲？這麼說來是有那麼一個人。可是我身為聖潔又正直的神職人員，無法假裝沒看到犯罪行為。」

騎在克莉絲背上的阿克婭這麼說，並伸手去拿錢包。

「慢著慢著，這不是妳以為的那樣！」

被壓倒在地面的克莉絲則為了護住手上的錢包，把錢包抱進自己的懷裡。

「——換句話說，是這麼一回事嘍？有個惡質冒險者強迫菜鳥冒險者和他賭博，結果菜鳥冒險者的錢包就被騙走了。所以，克莉絲就扒走了錢包，準備拿去還給菜鳥冒險者的時候……」

「目擊了現行犯的我，就跟在她後面逮了個正著！」

因為圍觀的群眾越來越多而轉移陣地到沒人的公園後，我們聽克莉絲說明了來龍去脈。

聽完了以後，阿克婭好像還是不太懂是怎麼一回事，依舊抬頭挺胸，一臉跩樣地說道。

「妳有沒有好好聽人家在說什麼啊？是因為有個菜鳥被人家用不正當的方式搶走了錢包，克莉絲才幫他拿回錢包的好嗎？」

在克莉絲因為我這番話而不禁點頭時，阿克婭突然一本正經地說：

「別傻了，和真，無論有任何苦衷，犯罪還是犯罪。正常來說，菜鳥冒險者在錢包被搶走的時候就應該去找警察商量了。」

這傢伙是怎樣，平常明明只會說些蠢話，怎麼突然搬出這種大道理來。

「好了，把那個錢包交給我吧。我會負起責任，替妳將錢包交給那個菜鳥冒險者。然後妳要去阿克西斯教會懺悔。將妳身上的那些髒錢全都捐給教會，好好悔改吧。妳做得到的話，這次我可以放過妳一次……」

「阿、阿克婭小姐……」

阿克婭露出宛如聖母般慈悲為懷的笑容，牽起克莉絲握著錢包的手，雙手輕輕地包覆了上去……

「……吶，阿克婭。妳為什麼要特地跟蹤克莉絲，跟了好一段路才逮住她啊？如果是在不知情的情況下目擊了犯罪現場，妳只要在她扒了錢包的時候當場訓斥她不就行了？再說，妳說要把錢包還回去，但妳應該不知道錢包被搶走的菜鳥冒險者長怎樣吧？」

聽我這麼說，克莉絲和阿克婭都定格了。

「不、不好意思，這個錢包還是我自己親手還回去好了……阿、阿克婭小姐？那個，妳包著我的手的雙手好像太用力了，握得我很痛……」

「這樣啊，那妳趕快把手上的錢包交給我不就得了嗎？妳的手感覺到的痛楚就當作是妳做壞事的懲罰吧。難不成妳在懷疑我這個神職人員嗎？放心吧，我才不會自己槓下來呢。我只會告訴他是在路邊撿到的，順便要一點錢來當謝禮而已…………放開！放開妳這隻手！如果妳不把錢包交出來，我可是另有打算喔，我會去找警察先生告狀喔！」

「這個人太差勁了吧！總覺得和以前把我耍得很慘的前輩非常像！名字和長相都像到不行！她應該不會在這種地方才對啊！」

「妳的前輩想必是個完美無缺的人吧！和真，若你也想盡可能償還債務，就過來壓住這個孩子的手……好痛！」

我給了試圖硬搶錢包的阿克婭一掌，她便摀著挨打的後腦杓，惡狠狠地瞪了我。

「你在幹嘛啦，欠債尼特，這是促使罪犯悔改的正義之舉好嗎！在這個欠了一屁股債的狀態下還裝什麼乖啊！」

「妳在做的事也已經瀕臨犯罪了！應該說不准叫我欠債尼特，妳這個死賤人，債明明就是妳欠的，被妳這樣一叫聽起來好像我是多誇張的米蟲似的！」

「你很笨耶，和真！強取弱者的錢包的那個冒險者，還有從他身上偷走錢包的克莉絲，他們的罪行都可以透過捐錢給本小姐這樣的善行得到赦免喔！聽懂了就乖乖把錢包……」

說到這裡，阿克婭不經意地往克莉絲原本所在的地方一看……

「不愧是盜賊，會用潛伏技能就是不一樣。」

「啊——！都是你害的，被她逃走了啦——！」

——和說出了「錯過了難得的賺錢機會」之類的話，讓人完全無法把她當成神職人員的阿克婭分開之後，我轉換了心情，又開始在鎮上閒晃。

在商店街逛了一圈後，我認為這裡好像沒什麼商機，乾脆心一橫，想著即使是旁門左道也無所謂，有工作就好，便走到沒什麼人走動的後街小巷裡面亂晃……

「呼哈哈哈哈哈哈，太遺憾了！只要本小姐的眼睛還紅得發亮的一天，就不會輕易放過犯罪！」

「等一下啊啊啊啊啊！為什麼！冒險者公會明明就說我的運氣很好，為什麼今天老是碰到這種狀況！」

在這裡，我又撞見克莉絲被熟悉的人給抓住了。

2

雙眼發出紅光的惠惠緊貼著克莉絲的背，整個人壓在她身上。

「慢著慢著，先等一下！拜託妳聽我說，這是有正當理由的！」

「事到如今還用得著聽妳偷東西的理由嗎！好了，把妳在剛才那間店裡面放進懷裡的東西拿出來！這麼一來寬宏大量的我這次可以放過妳……好痛！」

我偷偷溜到惠惠背後，給了她的頭一掌，把她從克莉絲身上扯下來。

「妳們這些傢伙是不是非要在我稍微沒注意的時候闖禍才甘心啊？想惹麻煩拜託一天一人為限好嗎？」

「我不知道你在說什麼，而且我也沒有惹麻煩！我只是逮到這個人在順手牽羊罷了！」

被扯下來的惠惠指著克莉絲這麼說。

「才、才不是呢！這是有理由的……」

克莉絲搖搖晃晃地站起來，從懷裡拿出石頭。

她拿出來的石頭，散發出讓人看了就會著迷的光芒。

不久前還被阿克婭和惠惠壓制著大哭小叫的克莉絲像變了一個人似的，露出一臉認真的表情說：

「這是名為魔王之血（Demon blood），蘊藏著邪惡力量的寶石。這可不是應該出現在新手鎮的東西。」

——總覺得這一幕有種既視感，不過我們還是移動到附近的公園，聽克莉絲說明原委。

「換句話說，那是一顆光是拿著就會帶來災禍的寶石嘍？」

「正是如此。正確地說，是會降低持有者運氣的寶石就是了。是處於權力鬥爭之中的貴族會拿來送給想要陷害的對象的詛咒道具。」

我一邊聽克莉絲的說明，一邊看向那顆寶石。

惠惠正在拿布擦亮那顆黑色的寶石，一臉幸福的樣子。

「可是，如果是這樣也不需要特地偷出來，向老闆說明一下不就好了嗎？寶石店的老闆知道是詛咒道具的話也不會想留吧。」

我如此提出疑問，然而克莉絲卻搖了搖頭。

「我當然說明過了。結果，那位老闆說這是某個貴族拜託他才特地進貨的商品，要我別多管閒事……」

原來如此。

那位老闆也明白寶石是詛咒道具，而且明知可能會被用來做壞事，卻還是進了貨吧。

「所以，妳為了破壞某個貴族的奸計才搶走了寶石。」

「正是如此。我並不是為了錢才把這個東西偷出來。而且我是盜賊職業，或許看不出來，但其實我的運氣非常好。只是拿著這顆寶石還不至於碰上什麼不幸的事情。」

……嗯──

剛才的扒竊和這次的事情要說是犯罪確實都是犯罪，但知道事情的原委之後就讓人很煩惱該怎麼處理。

克莉絲應該也有這是犯罪的自覺吧。

她帶著一臉歉疚的表情，對還在欣賞寶石的惠惠伸出手。

「事情就是這樣，把那顆寶石……」

「我拒絕。」

也不知道是不是沒有好好聽剛才的說明，惠惠緊緊抱著寶石秒答。

「喂，那個東西光是拿著就會帶來不幸喔。我們原本就已經夠倒楣的了，快點找個地方扔掉那種東西。」

我這麼說，且準備從惠惠手上沒收寶石，然而……

「我不要，寶石的名稱是魔王之血，還有這個黑到發亮的光澤，找到這種寶物後我怎麼可能放手。詛咒道具這一點也加了很多分，再說我們哪可能變得更不幸啊？既然都已經淪落到這個地步了，我們就應該試試看下限在哪裡才對啊。」

「妳這傢伙在說什麼啊？到時候有可能發生比現在更不幸的事情好嗎，比方說我突然翹辮子之類的！夠了，乖乖把那個東西交出來！妳、妳這傢伙明明是魔法師，為什麼握力這麼強啊！」

「不是我的握力強，是和真太孱弱好嗎！而且我看上這個東西已經很久了！我不會交給任何人的！」

惠惠一邊這麼大喊，一邊緊緊抱著寶石蹲在地上，整個人像隻縮頭烏龜似的窩成一團。

看上這個東西已經很久了……？

「這麼說來，妳之所以沒在克莉絲順手牽羊的瞬間逮住她，而是到了那種後街小巷裡才壓制住她，目的就是為了從克莉絲手上搶走這個對吧！」

「咦咦！」

聽我這麼說，克莉絲驚叫出聲，惠惠則是維持著窩成一團的姿勢，唯獨抬起了頭，朝我露出無畏的笑容。

「呵呵，不愧是和真。沒錯，一切都是本小姐計劃好的策略！我今天也如同以往一邊看著店老闆的臭臉，一邊貼在櫥窗上欣賞這顆寶石的時候，看見克莉絲形跡可疑，所以才心想她肯定也和我一樣是為這顆寶石的光芒著了迷……」

「才不是，我才不管那顆寶石的光芒怎樣呢！不要把我和紅魔族混為一談！」

克莉絲貼在窩成一團的惠惠身邊，用力搖晃她的身體。

「沒錯，當下我就決定要悄悄觀望克莉絲做出不應該做的事，之後再和她談判，說如果不希望我去告發她的竊盜行為，就把這顆寶石交出來……！」

「繼阿克婭之後連妳也來這套喔！為什麼妳們倆的個性可以差成這樣啊！妳們這種行為

也是犯罪好嗎！」

我和克莉絲試圖從惠惠手中搶走寶石，但即使出動了兩個人，惠惠還是文風不動。

不久後，或許是聽到了這裡的吵鬧聲吧，附近聚集了幾個圍觀的群眾。

這種防禦型態似乎連這個狀況都考慮進去了吧，惠惠突然大喊。

「來人啊——！拜託誰幫我叫人過來！這個男人想要搶走我最寶貝的東西！」

「妳、妳這傢伙！」

聽惠惠不計形象地如此大叫，讓周圍的圍觀群眾議論紛紛了起來。

「那個傢伙不就是大家說的脫褲魔嗎？」

「沒錯，就是那個脫掉人家的內褲之後還反過來利用這一點洗劫錢財的鬼畜男！」

圍觀群眾所說的都沒有錯，讓我不禁心靈受創。

「可惡！克莉絲，現在情況不妙，咱們撤退！」

「咦咦！我、我也要逃嗎！」

「那當然了，不如說我才是那個沒有任何逃跑必要的人吧！要是警察來了，傷腦筋的是妳吧！」

我和克莉絲排開聚集過來的人群，從露出勝券在握的表情的惠惠面前逃離。

3

……事情到底是為什麼會變成這樣呢？

我和克莉絲在錯綜複雜的小巷裡不斷前進，為了甩開追兵而到處奔跑。

「吶，我明明從以前運氣就很好，為什麼事情會變成這樣啊！只要和你們扯上關係，要不就是被強脫內褲、要不就是像這樣被追著跑，每次都沒有什麼好下場！」

「內褲那次是妳自己來找我賭的，現在被追著跑更是因為妳犯下竊盜罪吧！應該說，仔細想想，我根本沒有理由被牽扯進來吧！」

沒錯，我幹嘛要一起逃啊？

犯罪的是克莉絲，我什麼都沒做。

發現了這件事情的我不經意地準備停下腳步……

「吶，難不成事到如今你還想自己一個人開脫嗎？我們的邂逅可沒那麼廉價，我們是用炙熱的友情聯繫在一起的夥伴吧！」

「我們的邂逅只是因為妳教了我技能，還說什麼炙熱的友情不友情的，在那之後到現在我們從來不曾在任何地方見過吧！欸，不要拉我，這樣會連我也被當成共犯啊！」

我打算離開現場，克莉絲卻抓著我的手臂不放。

就在這個時候。

「喂，是不是有聲音從這邊傳來啊？」

「……有嗎？姑且還是看一下好了。」

在聽見這樣的聲音的同時，我和克莉絲在巷弄的暗處壓低身子，發動了潛伏技能。

「嗯？……奇怪了，我真的覺得有聽到聲音啊……」

一名警官在大街的轉角看著我們這邊，疑惑地歪著頭。

這時，也不知道是在想什麼，克莉絲輕輕叫了一聲。

「咪、喵——」

在這種地方學貓叫說不過去吧！

「什麼嘛，是尼祿依德啊。」

「巷弄裡經常會出現嘛。雖然很想抓起來賺點零用錢，但我們還在工作。別理它吧。」

他們這麼說的同時，兩股氣息也一併逐漸遠離。

「……吶，我在這個城鎮偶爾會聽到尼祿依德這個詞彙，不過那究竟是什麼啊？我聽說喝起來是唰唰的口感原本還以為是碳酸飲料之類的，結果是生物嗎？」

「尼祿依德就是尼祿依德啊。會躲在巷弄裡喵喵叫，喝起來有唰唰口感的神祕生物。」

在我心目中對尼祿依德的認知多了更多謎團時，克莉絲鬆了一口氣。

「話說回來，這次真是好險啊。不過這比我平常的工作還驚險刺激，所以我有點開心。」

說著，她咧嘴對我露出一個燦爛的笑容。

「……是說，克莉絲平常都在做這種事嗎？這種像是在行俠仗義的事情。」

竊盜這個行為本身並不值得讚許。

確實是這樣沒錯，但世上總有司法難以介入的狀況。

這麼一想，克莉絲的所作所為也不見得是同樣該被譴責的事情。

「是啊——尤其是在達克妮絲加入你的小隊之後我也不太常出去冒險了，所以都在鎮上做這種事……怎麼說呢，看見菜鳥冒險者我就無法放著不管。」

這麼說來，在我煩惱著不知道能不能學會技能的時候，也是克莉絲主動找我搭話的。

說不定這傢伙其實很會照顧人呢……

「……不對不對，差點就要被妳凹成一段佳話了。仔細想想，妳教我技能的時候也是突然騙我一決勝負，打算拐走我身上的所有財產對吧？克莉絲剛才說那個菜鳥冒險者被惡質冒險者逼著一決勝負然後被搶走錢包，這不就跟妳對我用的那套一樣嗎？」

「好了——我想警力應該比較鬆懈了，差不多該轉移陣地了。我把錢包拿去還給剛才跟你說的那個菜鳥小弟後，他給了我一點謝禮。今天我請客就是了，咱們去喝深紅啤酒吧！」

「喂，不要以為請我喝酒就可以蒙混過去喔！我那個時候也是弱小的菜鳥冒險者吧！想要搶菜鳥的錢包卻一點反省的意思都沒有嗎！」

「被、被你硬脫內褲之後我就得到教訓了啦！不要害我想起那件事！」

——由於克莉絲說要請客，我們便轉移陣地到冒險者公會來，明明天都還沒黑就喝了個爛醉。

「噗哈——！大白天就開始喝酒真是格外美味！」

「廢人才會說那種話好嗎？不過我也這麼覺得就是了。」

自從來到這個世界以後，知道了酒的美味的我完全沉浸在大白天開始喝酒的樂趣之中。

喝不喝酒是自己負責。

法定結婚年齡是十四歲。

像這樣，法律和條例都頗為寬鬆這一點，是我來到異世界之後覺得很棒的事情之一。

看嘴邊沾著泡沫的克莉絲津津有味地大口喝著冰涼的深紅啤酒，我也跟著舉起酒杯喝。

「別看我這樣，我平常可是很認真在工作的。偶爾也很想像這樣放鬆一下。」

「喂，克莉絲，妳今天一整天都在偷人家的東西，竟然還敢說這樣叫做認真工作？」

「我、我說的是別的工作。今天的事情應該算是為了休閒的興趣吧。」

就在克莉絲連忙這麼說，讓我露出看著可疑分子的眼神看向她的時候。

「啊——！你們竟然在這種地方！而且大白天的就兩個人自己開喝都沒有叫我，未免過得太爽了吧！」

聽見突如其來的大嗓門，我看了過去，看見的是不知為何身上到處都是泥濘的阿克婭。

「妳剛才跑去幹嘛了啊？」

「哪有什麼幹嘛不幹嘛的，還不是為了想抓住那個罪犯而到處徘徊！」

「欸，阿克婭小姐！妳太大聲了！」

克莉絲連忙站起來，衝向阿克婭摀住她的嘴。

但是阿克婭一臉嫌棄地用力推開她的手。

「還敢說什麼大聲不大聲的，都是因為要找妳，害我不小心誤闖別人家的庭院結果被狗追，邊哭邊逃的時候還摔倒，弄得我一身泥濘，真是倒楣透頂了！為了洩憤我現在就去叫警察先生……啊，妳這隻手想幹嘛！等等怎麼連和真先生也這樣，你們兩個，快把手放開！」

4

拿起冰到透心涼的深紅啤酒灌了一大口之後，阿克婭一臉幸福地吐了口氣。

「噗哈——！大白天就開始喝酒真是格外美味！」

她一邊說出這種很像某人說過的話，一邊吃著放在我們面前的下酒菜。

對這樣的阿克婭，克莉絲露出高興的表情說道。

「沒錯沒錯，阿克婭小姐說得很對！平常認真工作的人偶爾像這樣放鬆一下就覺得特別開心。」

「妳很懂嘛，克莉絲。沒錯，大白天開始喝酒是給每天努力不懈的自己的犒賞。身為神職人員隨時隨地都得當大家的榜樣，更是必須繃緊神經。一直保持形象可是很累人的。」

「神職人員偶爾也該休閒一下對吧，我懂，我非常懂！」

平常一點也沒在努力的神職人員這麼說，克莉絲聽了不知為何卻好像非常能感同身受，忍不住頻頻點頭。

「不好意思——這邊還要兩杯冰到透心涼的深紅啤酒——！」

「還有，再加點兩份酥炸蟾蜍！」

克莉絲向公會的廚房點餐後，阿克婭也不甘示弱地加點。

——原本打算報警來抓克莉絲的阿克婭，在知道去還錢包的時候菜鳥冒險者給了謝禮便立刻上鉤，三兩下就淪陷了。

然後現在，我們三個人正在一起暢飲……

「話說回來，我還是第一次像這樣和克莉絲好好聊天，不過妳這個人相當不錯嘛。只可惜妳是艾莉絲教徒，如果妳還沒信教，我早就拉妳進阿克西斯教了。」

「沒有啦——阿克婭小姐才是該怎麼說呢，一開始我真的覺得妳像極了我不喜歡的那個前輩，讓我隱約覺得不太想靠近妳……結果像這樣一聊，才知道完全不像！」

一開始兩人還爭執不休……

「這麼會做人的克莉絲也會有討厭的前輩，可見對方有多超過。要是那個人就在這裡，我一定會幫妳罵他。」

「哎呀，阿克婭小姐真是太貼心了。真想叫我那個前輩好好學學阿克婭小姐。」

現在卻是像這樣，已經完全打成一片了。

兩人一邊大口吃著酥炸蟾蜍，一邊一杯又一杯地喝著酒。

阿克婭喜歡喝酒這個我知道，而克莉絲也不相上下。

「我才誤會克莉絲了呢。我原本以為妳是打算詐取和真的錢的那種欺負新手的盜賊，沒想到原來是這麼善良的孩子。雖然竊盜不是什麼好事，不過如果是為了要回被人家用不當手段搶走的東西，也不能隨便說是在做壞事。」

「謝謝妳。哎呀，一開始差點被抓住的時候，我還以為阿克婭是容不下任何壞事的那種一本正經又古板的神職人員，現在知道原來是個懂得諒解的善良人士我就放心了！」

臉頰微微泛紅的克莉絲開心地這麼說。

居然說阿克婭是一本正經的神職人員，原來不認識這傢伙的人會覺得她看起來像那樣嗎？

「我非常懂得變通喔。我有一個想法很死板的後輩，老是嚷嚷著絕對不可以打破規則，真想把克莉絲懂得變通的特質分一點給那個孩子。」

「竟然會讓阿克婭小姐說成這樣，可見那個人有多誇張。像阿克婭小姐這麼懂得變通的

人來當神職人員最剛好了。做人最重要的就是自由。一本正經又古板的，只要有負責管理世界那種重要工作的女神就夠了。」

「我覺得即使是女神也可以自由自在地隨意休閒喔，克莉絲還真的很懂事呢。說真的，妳來當我的後輩好不好？說的沒錯，只知道規則東規則西的會讓人喘不過氣。那孩子就是太一本正經到讓我也很擔心，所以總是忍不住教她酒要怎樣才好喝，還有說我管理的地方流傳的怪盜故事給她聽……不知道那孩子現在怎麼了……」

阿克婭看著遠方語帶喜悅地說著。

應該說，這兩個人接話的默契從剛才開始就好到沒有我插嘴的餘地。

簡直就像是在我不知道的時候已經相處了很久似的。

5

我們大口暢飲了好一陣子，氣氛也完全變得和樂融融，而就在此時。

「啊！那個人不就是被克莉絲扒走錢包的人嗎？」

阿克婭這麼說，指出來的人是我在這個鎮上第一次看到的生面孔，看起來並非善類，而且身上的裝備很新，身段卻隱約看得出不是菜鳥冒險者。

在我的觀念裡，到酒吧收集情報是基本功，所以來來去去和這個城鎮的冒險者多少都有些交流，加入這個公會的人的長相我大致上都記得。

但是，那個喝著悶酒的男人不在我的記憶裡。

我想，他恐怕是最近才從其他城鎮過來的人吧。

這時，也不知道究竟在想些什麼，阿克婭突然站了起來。

「剛才我原本以為那個人是受害人，但是聽克莉絲說明了原委後我改變了想法！聽好了克莉絲，妳仔細看著。本小姐接下來就要展現神職人員的風範，好好教訓那個冒險者！」

「咦！」

大概是喝了酒再加上被克莉絲稱讚讓她壯了膽吧，阿克婭一邊這麼說，一邊朝那個男的走去。

「吶、吶，你不阻止一下阿克婭小姐嗎？」

「沒問題啦，不用理她沒關係。反正八成就是她單方面找人家的碴，最後反過來被對方訓了一頓之後哭著回來吧。」

「這樣一點也不叫沒問題吧！」

在我和克莉絲你一言我一語時，阿克婭已經站在男人面前了。

面對一臉疑惑地抬頭看著她的男人，雙手抱胸的阿克婭放話了。

「我說你啊，你在這個城鎮是生面孔對吧！我是阿克婭。在這個城鎮要是有人敢說不認識我的話，保證會被取笑成是進來裝熟的外地人，鼎鼎大名的大祭司阿克婭小姐就是我！」

聽見有人突然大聲放話，公會裡的大家都停止閒聊看了過去，但是看見引發騷動的人是誰之後，便司空見慣地繼續閒聊。

突然現身的阿克婭和周圍的反應讓那個冒險者顯得困惑不已。

但是……

「最近我收到了風聲，聽說你在這個都是新手的城鎮，專挑一些看起來特別弱的菜鳥，硬是逼人家和你賭博是吧！」

聽阿克婭接著這麼說之後，男子露出了胸有成竹的笑容。

「喂喂，我不知道妳是聽誰說的，不過妳可別聽他含血噴人。我可都是經過對方同意的喔？而且，我反而都是開出對那些菜鳥有利的條件在和他們賭。決定拚輸贏就是自己要負責。哪有人先答應和我賭博，輸了之後才放出那種風聲的啊，太過分了吧？」

說著，男子還不正經地聳了聳肩，喝了口酒，看得阿克婭的眉毛越挑越高。

「說什麼同意什麼條件什麼負責的，別以為搬出一些生澀詞我就會怕你，沒那麼容易！雖然我搞不太懂狀況，反正都是你的錯！誰教你的長相看起來就讓人覺得很可疑！」

「妳這個女人怎麼突然就這樣損人啊？看人家的長相來決定對錯是怎樣，未免太不講理了吧！說話能不能帶點邏輯啊！」

「你說什麼，就算你一直說什麼邏輯之類的讓人搞不懂的東西，我也不會被你蒙混過去！看人的眼光最準確的我都這麼說了肯定不會錯，這是眼睛清明澄澈的女神的直覺！」

「夠了，妳快點滾到一邊去！我的直覺和感應敵人技能都在叫我不要和妳扯上關係！什麼女神啊？白痴得要死，再不閃開的話小心我拿花生丟妳！」

被冒險者趕跑之後，阿克婭淚眼汪汪地回來了。

「……妳看吧？」

「還說什麼妳看吧，阿克婭小姐都被人家弄哭了！」

淚眼汪汪的阿克婭抓著我的肩膀用力搖晃。

「吶，和真，我吵輸那個人了，去幫我報仇啦！那個人淨是說些生澀詞來辯解！和真先生雖然弱小又不可靠，但怎麼說也是個有點小聰明的尼特，所以跟人家鬥嘴的話不會輸給任何人對不對！」

「妳這傢伙，惹火那個冒險者嫌不夠，現在還想惹火我嗎？」

對大聲哭喊向我求救的阿克婭，我心想既然如此，便給了她一個主意。

我在阿克婭耳邊把我想到的主意告訴她後，她用力點了點頭，再次前往那個男人身邊。

「——剛才你竟然把本小姐唬得一愣一愣的！不要以為你頭腦動得比較快一點就得意了，這次可沒那麼容易！」

「妳又來了喔……這盤花生給妳就是了，妳回去好不好？」

阿克婭接過男子遞出來的那盤花生，一邊嚼得喀喀作響一邊說。

「以想鵝美，有本事呃四和偶決嘔啊。」

「……大口吃著我的下酒菜還想找我賭博是怎樣？妳真的是神職人員嗎？不，要賭的話我是無所謂……」

儘管看起來有點倒彈，但男子似乎對他所謂的賭博相當有自信，接受了阿克婭的挑戰。

「吶，阿克婭小姐沒問題嗎？那個男的看起來不像是菜鳥吧。我不知道他們要比什麼，不過應該是對方比較有利吧？」

照理來想是這樣沒錯。

可是……

「用不著擔心。或許妳看不出來，不過那傢伙除了智力和運氣以外的能力值都……」

就在我說到這裡的時候。

「賭博的內容是一次定輸贏的比運氣。擲骰子，擲出一到四的數字就是妳贏，擲出五或六就是我贏。如何，這個條件是對妳有利吧？即使對方是菜鳥，運氣的數值和等級差距也沒有太大的關係。」

這可不行，阿克婭有很高的機率會輸。

「原來如此，這樣賭的話確實是阿克婭小姐有利。」

「不，計畫有變。阿克婭會輸。」

那傢伙就只有智力和運氣的數值非常低。

「咦！不對不對，大祭司這種職業的運氣值成長率非常好，和盜賊職業差不多喔？那個冒險者看起來是盜賊職業沒錯，可是就算是這樣，在那個條件之下阿克婭小姐一定也不會輸吧……」

克莉絲這麼說，這下旗標真的立起來了。

居然有人在期待她，這樣阿克婭會輸的機率可是高到不行。

「……哼哼，原來如此啊。雖然你的裝備看起來很窮酸，不過其實是等級相當高的冒險者對吧？我猜得沒錯的話，你八成是在別的城鎮做了什麼壞事搞到自己待不下去了吧。然後現在打算活用自己的高能力值，開出稍微對自己不利的條件騙人家跟你賭，用這招來拐走低能力冒險者的錢！說穿了就是這麼一回事對吧！」

阿克婭自信滿滿地如此宣言，讓男子帶著扭曲的表情、心有不甘地說：

「唔……我明明才剛來到這個城鎮，沒想到已經被識破了嗎？沒辦法了，再找其他的城鎮……」

「不過，那種小事根本無所謂！快點啊，把骰子拿出來！趕快做好賭博的準備啊！」

「……啊？」

儘管識破了男子的真面目，阿克婭還是打算繼續和他賭下去。

我忍不住靠近阿克婭。

「喂，你都已經看破那個傢伙的手腳了，這種時候應該要藉此趕跑他，解決這件事情才是正常的流程吧。妳為什麼要和他賭啊？」

「你在笨什麼啊，和真，難得都知道對方動了什麼手腳了耶？你知道嗎？古時候的偉人說過，只要搞懂敵人就算大戰一百次也能高機率獲勝。」

妳要說的是「知己知彼，百戰百勝」吧。

真要遵守這句格言的話，妳應該先認清自己的實力才對。

這時，我和克莉絲才發現事到如今已經成了騎虎難下的狀況了。

附近的冒險者們聽到騷動之後紛紛開始圍觀。

應該說，大家都已經在開賭盤押哪邊會贏了。

「好，那就開始賭吧。賭注是彼此的錢包裡面的東西。然後我再說明一次，以骰子擲出的點數決定勝負。擲出一到四的話是你贏。擲出五或六的話是我贏。如果妳想檢查骰子，我也歡迎。」

「根據本小姐可靠的雙眼表示，骰子裡面沒有動過任何手腳。所以，沒有其他規則或是禁止事項嗎？」

「是啊，沒有其他特定的……」

就在男子說到這裡的時候。

「這樣啊，沒有其他的禁止事項是吧！那我要出招嘍，『Blessing』！」

「啊！妳、妳這傢伙！」

向男子確認過之後，阿克婭便詠唱了能夠暫時提升運氣的魔法。

看見這一幕，不只眼前的男子，就連圍觀的群眾們都大喝倒采。

「喂，阿克婭妳這樣太骯髒了吧！」

「我押妳輸耶，妳給我光明正大地賭一把！」

「吵死了，閒雜人等不准動不動就大小聲！而且，這種時候你們應該站在我這邊而不是幫外地來的冒險者加油吧！不幫我加油的話就閃一邊去！如果這樣還想繼續參觀，我可要收門票錢喔！」

看著阿克婭開始和圍觀群眾們吵架的模樣，克莉絲的表情逐漸抽搐，嘴裡唸唸有詞。

「……不久之前我原本還一直覺得她果然很像前輩，但這樣不對。嗯，再怎麼說這樣都不對吧。這樣不對……」

沒理會克莉絲的自言自語，我也參加了圍觀的冒險者們開的賭盤。

「我賭一萬艾莉絲買阿克婭輸。」

「為什麼啊——！這種時候應該押我才對吧！算了，你們等著瞧！等我贏了，我要向莊家徵收一成的賭金！」

小家子氣到一個極限的自稱女神露出自信滿滿的跩臉，握著骰子如此宣言。

剛才使用祝福魔法作弊再加上現在的發言，這已經是肯定開出大獎的套路了吧。

「好了我要擲骰子嘍！看吧～果然是我輸……為什麼啊——！」

阿克婭毫不意外地賭輸了，引來冒險者們的叫罵。

「連祝福魔法都用了妳怎麼還會輸啊！」

「妳平常到底是做了多少壞事啊，把我對妳的期待還來！」

「吵死了，你們自己愛賭輸了還怪我是怎樣！……哇啊啊啊啊啊，我的錢包——！」

在阿克婭和其他冒險者鬥嘴的時候，和她對賭的男子已經把放在桌上的錢包拿走了。

「幸好，在妳耍那種奇怪的小手段時我是有點嚇到，可惜妳還是贏不了我。依照我們說好的，這個錢包就是……喂，裡面只有三百艾莉絲啊！開什麼玩笑啊妳，身上只有這點錢就騙我和妳賭！再怎麼說也應該還有一點吧！」

「我可是欠了一屁股債所以那的的確確是我所有的財產！先別說那些了，我依照說好的條件把錢包裡的東西都給你就是了，把那個錢包還給我！那是我說『款式和奇幻風格的冒險者打扮不搭所以就給我吧』，和真先生才給了我的日本製錢包！」

試圖要回錢包的阿克婭這麼說，男子則仔細端詳起錢包。

「……是喔。妳說的奇幻風格還有日本是甚麼意思我不知道，不過這個錢包很稀有對吧。沒辦法了，我就收下這個，放過妳吧。」

「我們賭的是錢包裡面的東西吧！騙子！賭博不遵守規則就是無效啦無效！如果你要連錢包都拿走，這就只是單純的搶劫，我連三百艾莉絲都不給你！還給我喔！不然的話，我就帶著鐵板和鐵鞋去你睡覺的地方跳踢踏舞跳個通霄！」

「不准用那種奇怪的方式騷擾我！而且，妳還說什麼不遵守規則的賭博啊，連祝福魔法都用下去的傢伙沒資格說這種話！」

兩人為了錢包爭執不下。

我一邊嘆氣，一邊因為自己又被捲入麻煩當中而搖頭。

然後，我來到男子面前。

「喂，接著和我賭如何？我要你賭那個錢包。這次我們也不會使用祝福魔法那種伎倆……如何？」

說著，我胸有成竹地笑了一下，為了收拾阿克婭的爛攤子而拿出錢包。

男子略顯防備地看了我，然後輕聲說了聲「有意思」。

「我聽說這裡是新進冒險者的城鎮，原來還有你這種人啊。」

說著，男子也信心十足地笑了……

「好啊，你想賭我就接受吧。那麼為了保險起見，我要檢查錢包裡面的東西……喂，你的也只有八百艾莉絲嘛！怎麼個個都這樣，你們是不是瞧不起我啊！」

接著在確認過裡面的東西後把我的錢包往地板上一砸。

「喂，在那個狀況下還確認裡面的東西，未免也太不識趣了吧，這種時候應該大方接受上訴才對吧。」

「就是說啊，看一下場面好不好。」

連平常都沒在看場面的傢伙也這麼說，令男子聽得面紅耳赤。

「夠了，這個錢包我絕對不會交給你們。就算你們去法院告我也別想叫我交給你們。唯有你們我絕對不給！」

「怎麼辦，和真，這個人還挺幼稚的耶！」

「可惡，居然碰到這麼麻煩的傢伙……」

「沒錢還敢找我麻煩的你們沒資格說吧！」

正當我們為了設法拿回錢包而傷腦筋的時候。

「……吶，要不要和我賭一把？」

原本一直默不作聲的克莉絲說話了。

聽克莉絲這麼說，男子以看待可疑分子的眼神望向她。

「看起來，你應該是盜賊職業對吧？如你所見，我也是盜賊職業。既然如此，你當然會用竊盜技能吧？」

針對這個提問，男子輕輕地點頭。

「既然如此，我們來賭賭看對彼此使用竊盜技能會偷到什麼如何？我身上真的有錢，這裡還有比錢更有價值的東西。」

克莉絲秀出她掛在腰際的匕首。

「大獎是這把魔法匕首。這可是價值不下於四十萬艾莉絲的好東西喔……那麼，你要不要和我對賭啊？」

說完，她對男子笑了一下，看起來非常開心。

6

在阿克塞爾的暮色當中，我們朝著平常過夜的馬廄走去。

「真是，你未免也太敢了吧。錢包裡只有那麼一點錢還對人家虛張聲勢，太誇張了吧。」

「克莉絲才是，妳還在用那種狡猾的伎倆啊？那個人用竊盜技能抽到石頭的時候表情之誇張。」

我和克莉絲這麼說著，對彼此笑了笑。

「吶，克莉絲，謝謝妳幫我要回錢包。現在的我沒辦法為妳做任何事情，不過如果妳想脫離艾莉絲教改信阿克西斯教，或是有諸如此類的需求時妳隨時可以找我商量。」

「呃、嗯……那個，妳的好意我心領了……」

對於欲言又止的克莉絲，阿克婭只是露出天真無邪的笑容。

看見阿克婭這樣的表情，我和克莉絲露出苦笑。

——我心想今天就要這麼結束在一段佳話裡了吧，然而就在這個時候。

「啊啊啊啊啊啊啊！住手、住手啊啊啊啊啊啊啊！」

「還敢叫我住手！真是的，妳到底是從哪裡弄到這個的啊！」

是兩個我聽過好幾次，熟到不能再熟的聲音。

真想直接回去過夜處好好休息。

但總不能就這樣回去吧。

我們看向聲音傳來的方向，不出所料，出現在那裡的果然是……

「妳們兩個到底在幹嘛啊？」

「嗯？是和真啊。連阿克婭和克莉絲都在。你們知道我剛才有多辛苦嗎？」

出現在阿克塞爾的大街上的，是把某個東西抱在懷裡窩在地面上的惠惠和達克妮絲。

惠惠和達克妮絲身邊，還有多名警官隔著一段距離站著。

「……說明狀況。」

「嗯。其實是這樣的，有一種光是帶著就會接連碰上美好的……不對，是不幸……不對，我還是覺得是美好的事情！總之有種光是持有就會降低幸運數值的美妙道具，也不知道是在哪裡出了什麼差錯，偏偏落到了惠惠的手上。」

一邊對我這麼說，一邊以掌心對著警官們示意他們稍候的達克妮絲，看著在她的腳邊窩成一顆球的物體。

「這顆寶石我不會交出去的！這是我撿到的東西，所以我要求約一成的所有權！」

明明對寶石沒什麼興趣的惠惠，不知為何似乎已經完全著迷了。

「夠了喔，妳也該把那個東西交出來了吧！再說，妳平常明明就是個不把值錢的東西放在眼裡的傢伙吧，為什麼對這個東西那麼執著啊？」

「這種發亮的黑也好色澤也好，魔王之血這個名稱，再加上帶有詛咒這種另有隱情的點也好，再也沒有比這個更適合紅魔族的東西了吧！」

這個笨蛋！

「不是都跟妳說那是只拿著就會遭逢不幸的寶石了嗎，妳懂不懂啊！光是今天就已經碰上多少麻煩了，不要再增加更多問題了好嗎！」

「會發生不幸這種事情只是迷信，我才不會被迷信蒙騙呢！」

「笨蛋，在這種馬上就要被警察抓走的狀態下，妳還在說什麼啊？現在不幸都已經飄到妳頭上來了吧！」

完全聽不進去我說的話，惠惠堅持不放開寶石。

又不是喜歡收集亮晶晶物品的烏鴉，有時候我實在無法理解紅魔族的喜好。

「真是的，每個都只會給我添麻煩！到底是哪個貴族想到要訂購這種給人添麻煩的寶石啊！」

「！就就就、就是說啊，真會給人添麻煩，真不知道是哪個傢伙想要這種美妙的……受到詛咒的寶石……」

在達克妮絲聽見我的發言後，不知為何別開視線的時候。

「聽好了，惠惠，這是最終警告。若妳無論如何都不肯交還那個寶石，接下來我就要強制搶奪了。」

「是喔，有本事你就搶搶看啊！不過，即使你靠滿力搶成功了也得做好遭受慘痛反擊的覺悟。想找紅魔族吵架的話…………和真，你的手指在那邊抓呀抓地動來動去的是什麼意思？請等一下，連克莉絲的手也那樣是什麼意思！」

對著據說是掌管幸運的，我未曾見過的艾莉絲女神。

「吶，惠惠。真是太巧了，現場剛好有兩個會使用竊盜技能的人。」

「我知道了，和真，我們先坐下來談吧。我們是隊友耶，隊友之間起爭執未免也太愚蠢了。」

我在心中獻上祈禱。

「是怎樣！你們兩個的手是什麼意思，該不會真的要出招吧！你們是認真的嗎？這裡是大街上耶！我明白了我投降就是了、等等、慢著……！」

如果我的運氣真的很好的話，請保佑我不要再碰上麻煩了——！

為了成為不死之王

1

巫妖。

是窮究魔道的魔法師，透過禁忌的祕術化為不死生物的孤傲存在，也是超級強大的不死怪物。

只有附帶魔法的武器才能夠傷害的不死身體，更擁有遠遠超過生前的強大魔力，還有以「Drain touch」為首的各種特殊能力，是最強的不死者。

這種——會在巨大地城的最下層以最終頭目之姿現身的怪物。

「吶，維茲。為什麼妳泡的茶這麼不熱？妳明明知道我喜歡的是比較熱的茶才對吧！」

「對不起、對不起！真的非常抱歉，阿克婭大人！」

目前正在我的眼前被一個像小姑一樣的女神欺負。

「受不了。巫妖在這個季節真的光是待在室內就會給別人添麻煩。光是待在維茲身邊就讓我隱約感覺到微涼的寒意呢。妳去墳墓裡面睡到悶熱的夏天再起來吧。」

「太、太過分了！」

——不久前，我們代替維茲接下除靈的工作，幾經波折得到一棟豪宅，事後大家一起到店裡來玩，順便答謝她把任務轉給我們。

「真是的，居然連個茶都泡不好，維茲到底當了幾年巫妖啊？不死怪物的長處就只有長壽到多餘而已吧？妳在之前的不死者人生當中，到底都做了些什麼啊？」

「我、我還是肉體依然維持原狀的、幾乎才剛死不久，還算新鮮的新進不死者嘛……」

什麼剛死不久、什麼新鮮的，對於把自己說得像剛撈起來的魚似的維茲，阿克婭投以懷疑的眼神。

「這麼說來，維茲和其他巫妖不一樣，不知道為什麼還保留著肉體呢。一般而言變成巫妖之後就會變成枯骨吧？為什麼妳一直都還是水嫩嫩的啊？」

「因為我不是用一般的方法變成巫妖的嘛。說起來算是人類和巫妖的混合版，所以會一直維持這個模樣。」

「太奸詐了！我總覺得這樣很奸詐耶，維茲，明明是不死者卻能一直維持年輕的樣貌，要是大眾知道了這種事，會有很多太太希望變成不死者吧！」

「放、放心吧，阿克婭大人，變成巫妖這種事不是任何人都能輕易辦到的。」

望著已經完全忘記是來道謝、抓著維茲不放的阿克婭，我和惠惠、達克妮絲坐在椅子上喝著紅茶。

「確實會覺得有點不太夠熱，但這個茶泡得很好喝啊。足以匹敵達克妮絲為我們泡的紅茶吧。達克妮絲明明那麼笨拙卻泡得出好茶，只有這件事讓我從以前就覺得很不可思議。」

「吶，你把我當成什麼了啊？說成這樣到底是在誇我還是在損我也讓人搞不太懂。」

「這個茶確實是很好喝。我個人也覺得達克妮絲泡得出好喝的茶是一件很不可思議的事情，不過有個會喝茶的巫妖存在也讓我覺得很不可思議。難道不死者有吃東西、喝東西的必要嗎？」

「連、連惠惠也說這種話！」

正當我們像這樣享受著安穩的午後時光時——

「不好意思，維茲小姐在嗎？」

突然有人打開魔道具店的門，站在門外的是上氣不接下氣的冒險者公會櫃檯小姐。

2

順了順呼吸，恢復平靜之後，櫃檯小姐在以「你們為什麼會在這裡」的眼神對我們表示好奇之餘，說明了來到這裡的理由。

「——不死怪物，是嗎？」

根據櫃檯小姐表示，在一個離阿克塞爾不遠的洞窟附近，頻繁傳出不死怪物的目擊情報。

像是洞窟還有地城那種陰暗的地方很容易有自然產生的野生不死怪物聚集，一般而言冒險者公會都會在公布欄上張貼不死怪物的討伐任務，不過這次的情況好像和平常不太一樣。

「是的，而且狀況怎麼看都不是路倒身亡的旅人或冒險者自然化為不死怪物的現象。之所以這麼說，是因為目擊情報中的不死怪物並非殭屍或骷髏怪、幽魂之類的東西……」

櫃檯小姐表示，目擊情報指出的是名叫食屍鬼的中階不死怪物。

聽說那些不是應該在新手鎮附近徘徊的怪物，站在職員的立場想要調查那些怪物出現的原因。

然後，她之所以特地跑來維茲這裡的原因……

「原來如此，換句話說就是這麼一回事吧。等級高到不可能是自然產生的不死怪物。

這肯定是壞魔法師在使用死靈魔法製造不死怪物。說到能使用死靈魔法那種高等魔法的人的話，沒錯！犯人就只有維茲了對吧！」

「咦咦！」

「才不是，我們怎麼可能那樣懷疑維茲小姐啊！」

推開帶著跩臉胡亂推理的阿克婭，櫃檯小姐低頭拜託維茲。

「關於這次的任務，其實公會預測會有相當高的危險性。之所以這麼說，是因為阿克婭小姐剛才說的也不完全有錯。其實這些不死怪物，我們懷疑是被人用魔法製造出來的。」

能夠製造出中階不死怪物的強者。

也就是說，可能有個足以辦到這種事的高階不死怪物存在。

「所以，我們才想委託既是極具盛名的魔法師，又是處理和不死怪物有關的問題的專家的維茲小姐。」

「原來如此……既然是這樣的話，我就接下來了。反正大概是因為各位冒險者冬天都不出任務吧，最近也沒有上門買魔道具的客人。」

大家都很懷疑這間店沒有客人來的原因是不是只有這個，但沒有人說出口。

就在這個時候。

「吶，處理不死怪物的專家這裡也有一個啊？跳過本小姐跑來拜託維茲是什麼意思？」

平常視不死怪物為眼中釘的阿克婭說出這種話來。

「委託阿克婭小姐，是嗎……？……說得也是。如果是其他任務會讓人不太放心，不過至少這次的確是請阿克婭小姐幫忙可能會比較好。」

「吶，妳剛才說我出其他任務會讓人不太放心嗎？」

被阿克婭抓著肩膀用力搖晃的同時，櫃檯小姐摸著下巴苦思。

這時，原本默不作聲的達克妮絲站了起來。

「既然是這麼回事的話我也去好了。魔法師應該需要前鋒來當擋箭牌吧。而且我是十字騎士。是驅除不死怪物的不二人選。」

「原來如此，達克妮絲小姐的防禦力確實很可靠。」

原本一臉若有所思的櫃檯小姐聽達克妮絲這麼說，點了點頭。

這時，連惠惠也站了起來。

「嗯，對手是高階不死怪物。既然如此，王牌還是多一點比較好吧。幸好對方躲的地方不是地城而是洞窟。這樣的話，我的魔法就派得上用場。」

「惠惠小姐！說得也是，達克妮絲小姐的防禦力、阿克婭小姐的神聖魔法，再加上惠惠小姐的攻擊力和優秀的維茲小姐……！」

見櫃檯小姐越說越興奮，我便帶著壓軸主秀的氛圍緩緩站了起來。

「然後本大爺再加入其中的話，就是完美的陣容了。這次的任務就交給我們吧。」

「……那、那個，佐藤先生也要參加嗎？」

喂。

3

我們就那麼隨口接下了這次的委託。或許是因為預設可能會有強敵吧，報酬也設定得偏高。

對付不死怪物的話我們這邊有阿克婭，而且這次連維茲都會跟來。

我帶著能輕鬆搞定的心情為了遠征而進行準備。

「那麼，各位請務必要小心喔。有人提出了一個可能性，最糟糕的狀況下，躲在洞窟裡的會是巫妖。不過，我覺得巫妖那種超級高階怪不可能出現在這種地方就是了。」

目送著完成準備即將離開城鎮的我們，公會的櫃檯小姐這麼說。

聽了她這番話，我們的視線都飄向維茲。

「就、就是說啊，巫妖那種東西怎麼可能出現在這種邊境嘛……」

被我們行注視禮的維茲悄悄別開視線，輕聲說道。

而櫃檯小姐也沒發現維茲的反應，繼續說了下去。

「關於巫妖的事情幾乎沒有留下紀錄，不過在傳說當中，巫妖被形容為光是待著就會奪走附近的活力，使得水和大地腐敗，是一種很會製造麻煩的怪物。目前洞窟周邊並沒有出現那些徵兆，所以請各位放心。」

「好、好喔……」

被當面說成製造麻煩的怪物，讓維茲的視線越飄越遠了。

「是喔，原來巫妖還有那種能力啊，我都不知道呢。居然會讓水腐敗，這是對我的挑戰吧。」

「不不、不是這樣的阿克婭大人！那是子虛烏有的扭曲傳聞，我想一定是『Drain touch』技能在以訛傳訛之中變了調！」

維茲驚慌失措地如此辯解，讓櫃檯小姐眼睛一亮，投以敬佩的眼神。

「維茲小姐對巫妖的生態很清楚嗎？如果是這樣的話，公會缺乏關於巫妖的資料，等這次任務結束之後請務必傳授給我們……」

「是啊，要說清楚的話是還滿清楚的啦，畢竟雖然現在看不出來，但我以前可是人人皆知的優秀冒險者！那麼我們趕快出發吧，再不快點的話抵達時都已經是不死怪物開始活絡的深夜了！」

經著急的維茲如此催促，我們在櫃檯小姐的目送之下離開城鎮。

「——吶，維茲，人家說有可能是巫妖耶，犯人真的不是妳吧？如果妳瞞著我在養流浪不死怪物，最好趁現在老實招了。這樣一來我可以用不讓妳感覺到痛苦的方式送妳升天。」

「阿克婭大人，真的不是我！應該說我的感受性還是和人類一樣，所以並沒有飼養不死怪物的興趣！」

「最確實的方法，總之就是先淨化維茲再說了吧。如果維茲上了天堂之後不死怪物還是會冒出來的話，就表示維茲不是犯人……」

「請等一下，阿克婭大人，那樣我不就白白被驅除了嗎！」

在離開鎮上前往洞窟的途中，阿克婭還是動不動就這樣騷擾維茲。

這傢伙把不死怪物視為眼中釘的程度為什麼會這麼誇張啊？

「話說回來，被看到的是食屍鬼對吧。既然如此，或許真的是巫妖級的高階怪物在製造不死怪物也說不定呢。」

走在我身旁的惠惠緊緊握著法杖這麼說。

「食屍鬼我只聽過名字，它們很強嗎？」

對我這個疑問，今天沒帶大劍而是在腰際掛著一柄銀製鎚杖的達克妮絲說：

「食屍鬼兼具敏捷的動作及麻痺毒，是一種很棘手的人型不死怪物。只有一隻就已經是不好對付的強敵了，它們還經常是群體行動。由於會翻食腐肉，偶爾會在遠離聚落的墳場出沒。」

乍聽之下，似乎不是對付蟾蜍那種小怪都能打成一場激戰的我們所能夠應付的對手，不過……

「食屍鬼那種東西當然是我一出手就可以輕鬆搞定了啊。就算數量再怎麼多，我也能用廣範圍型的淨化魔法一掃而空，所以完全不需要擔心！」

「那、那個，阿克婭大人？姑且先說一下，我也是不死者，所以請不要波及到我喔？不然要全部交給我對付也可以……！」

沒錯，我們有最強的不死怪物巫妖和女神。

只要有她們兩個在就完全不需要擔心了吧——

——原本這麼想的我真是個白痴。

「哇啊啊啊啊啊啊，和真先生——！和真先生——！」

「笨蛋，妳這傢伙為什麼每次碰上危機的時候都要朝我跑過來啊！趕快淨化掉啊，要是辦不到就逃到另外一邊去！」

「誰教食屍鬼在這麼近的距離看起來那麼恐怖！而且嘴裡還叼著很有可能造成心靈創傷的東西！」

找到出問題的洞窟之後，我們決定先偷偷接近觀察狀況，然後就在那裡發現了幾隻圍著不知道什麼東西的食屍鬼。

阿克婭想要淨化它們，也不聽我的制止便大搖大擺地走了出去，然而……

「阿克婭，不要過來這邊！連那個叼著不應該看到的東西的食屍鬼也會跟過來！」

「阿克婭，不要過去那邊，逃過來我這邊吧！讓我以我的身體抵擋食屍鬼們的攻擊……啊啊，為什麼不死怪物會忽略我啊！」

食屍鬼似乎正在圍著某種人型的東西用餐，看見那一幕的我們陷入了恐慌。

阿克婭和惠惠不怕不死怪物，但對於血腥場景的抵抗力似乎很低。

就在這個時候——

「『Cursed crystal prison』！」

有別於陷入混亂的我們，維茲宏亮的聲音響徹四周。

同時，追趕著阿克婭的食屍鬼們瞬間就被冰封、粉碎。

「阿克婭大人，已經沒事了。食屍鬼都被我……」

「哇啊啊啊啊啊啊啊！」

大概是叼著某物的食屍鬼造成的心靈創傷太嚴重了吧，阿克婭哭著撲進救了她的維茲的胸口。

對於這樣的阿克婭，維茲瞬間感到驚訝，但隨即像是在安撫哭喊個不停的孩童般，溫柔地輕撫她的頭。

「沒事了，已經沒事了，所以別哭了阿克婭大人……阿克婭大人……？那、那個，我總覺得被妳抱住的部分越來越熱了，阿克婭大人！妳的眼淚弄得我非常痛，所以請別再哭了，阿克婭大人！」

4

眼看被巴住的維茲的身影開始變得模糊，我硬是拉開阿克婭，然後打算埋葬剛才食屍鬼們圍著分食的那個人型的某種東西。

「啊，看來這不是人。喂，阿克婭，食屍鬼剛才在享用的是哥布林啦。」

「……和真平常明明那麼膽小，看到那麼悽慘的現場居然不會怎樣。」

「經過千錘百鍊的冒險者全都學到血腥抗性的技能了好嗎？」

正確說來，即使不是冒險者，千錘百鍊的尼特也全都會有那種抗性。
上了情色圖片的當而不慎點開不明圖片這種事三天兩頭就會發生。
人都是像這樣逐漸成長為大人的。
維茲以魔法焚燒了哥布林的屍體後，我們終於要進入洞窟了。
或許是還只來得及製造出那些食屍鬼吧，我們一路上也沒有遇到其他不死怪物。

——來到了不怎麼深的洞窟的盡頭。

在晦暗的陰影中，一個男人兀自站在那裡。
膚色像維茲一樣蒼白，留有一頭剃得很短的金髮和紅色眼睛，相貌端正的那個男人——
「哼哼……我猜你們八成是接了不死怪物的討伐任務而來的吧，不過居然會進到這種地方來，算你們運氣不好，新進冒險者啊。」
像肉食獸找到了獵物一般開心地微微張開嘴巴，露出銳利的牙齒。
——吸血鬼。
與巫妖並稱的最上位不死者，知名度也非常高的怪物。
如果被問到不死者之王是誰的話，大概有一半的人會回答吸血鬼吧。

這種不應該出現在新手鎮附近的高階不死怪物……！

「找到了！看吧阿克婭大人，找到了，那個流浪不死怪物就是呼喚食屍鬼的幕後黑手！這樣就證明我不是犯人了對吧！」

「是、是啊。雖、雖然我打從一開始就沒有懷疑過維茲，不過姑且還是道個歉好了，抱歉嘍！」

被維茲指著說是流浪不死怪物，宛如頭目角色一般的發言也完全被忽略了。

或許是第一次受到這種待遇吧，吸血鬼張著嘴愣了好一會兒。

「達克妮絲，妳看，吸血鬼耶，是吸血鬼耶。話說回來，他的眼睛顏色居然和我一樣，真令我不爽。」

「妳要這麼說的話，他和我一樣是金髮也令我不爽。」

正當惠惠和達克妮絲交頭接耳之際，吸血鬼憤怒地瞪大眼睛。

「你們這些新手鎮來的小菜鳥，知不知道本大爺是誰啊！我是最強的不死者，是至高的存在，不死者之王吸血鬼，名為沃夫岡．庫洛！你們這些凡夫俗子站得那麼高做什麼，還不跪地求饒！」

高聲報上名號之後，吸血鬼直視剛才指著他的維茲，定睛凝視——！

「……嗯？為何我的誘惑魔眼沒效？妳這傢伙明明是個菜鳥冒險者卻擁有效力強大的護

身符嗎？」

他似乎發動了某種攻擊，卻因為攻擊無效而感到疑惑。

「那個，我是巫妖，所以狀態異常類的攻擊對我不管用喔。」

「巫妖？妳、妳說巫妖！」

聽維茲這麼說，沃夫岡睜大了眼睛。

不久之後，他仔細端詳了一下維茲，然後不以為然地搖了搖頭。

「哼。所謂的巫妖，是一種雖然不及我們吸血鬼卻也擁有還算強大的力量，有著醜陋的骸骨外觀的不死者。妳這種傻楞楞的女人休想冒充。」

「你、你說什麼！」

在維茲火冒三丈的時候，我輕聲對阿克婭耳語。

「喂，雖然我不太懂，不過吸血鬼很強吧？妳有辦法打倒那個傢伙嗎？」

「你以為我是誰啊？吸血鬼那種貨色光是用我神聖的拳頭揍一下就會消失了。不過這裡還是交給維茲好了。巫妖和吸血鬼的關係是出了名的不好。那傢伙看起來也不是真祖，應該是下級吸血鬼，大家就先靜觀其變吧。」

在帶著期待的表情守候事情發展的阿克婭的視線前方，維茲破口大罵。

「自古吸血鬼多自戀還敢說我們巫妖是醜陋的骸骨，這種事情不可原諒！而且，巫妖比吸血鬼還高階，居然敢說我們的力量還算強大是什麼意思！吸血鬼才是只有力量強了一點和很難死透，除此之外都是弱點的半吊子吧！」

「妳這傢伙倒是越說越過分了啊！不准擅自把吸血鬼擺到巫妖下面去！區區人類竟敢愚弄高貴的不死者之王吸血鬼族！『Lightning』！」

登時暴怒的沃夫岡從指尖發出雷電。

然而雷電在擊中維茲之前便突然煙消雲散了。

看見這一幕，維茲的臉上不再是平常安詳的表情，帶著好戰的臉孔狂妄地笑了。

「呵呵呵呵呵呵，居然突襲對手啊，真不愧是高貴的吸血鬼族呢！可是，不像你只會自稱，我們真正的不死者之王巫妖呢，擁有遠在吸血鬼之上的魔法抵抗力。那種程度的魔法對我怎麼可能管用呢？」

「妳、妳這傢伙，莫非真的是巫妖嗎！嘖，簡直可恨到了極點！使用魔法隨便放棄人類身分，搖身一變就成了不死者，居然還想略過我們自稱不死者之王，太不知天高地厚了！」

「你說隨便搖身一變是什麼意思，我們巫妖可是窮究魔道，憑自己的力量不死化的！你才是借用吸血鬼真祖的力量不死化的，只能仰賴主人略施小惠的跟班不死者！」

兩個最上位不死者就這樣在我們面前展開了幼稚的鬥嘴。

「妳這傢伙——————！」

「怎樣，想打架嗎！像你這種程度的吸血鬼，我還是人類的時候都能打倒你！」
就在我以為他們兩個終於要展開激戰的時候。
「好了，你們倆先等一下。我們先聽聽看你有什麼話要說吧。」
怎麼看都像在現在這個狀況中找樂子的阿克婭，露出著實樂在其中的笑容。

5

「——所以說是這麼回事嘍？你是變成吸血鬼的前貴族，由於在遠方和強敵交戰而導致力量低落，於是潛伏在沒有強大冒險者的阿克塞爾附近，試圖儲備力量對吧。」
「就是這麼回事，下賤的人類啊。乖乖讓我吸血的話，現在我可以讓你們成為我的部下。不過，如果你們並非潔淨之身，被吸了血也會變成食屍鬼就是了！」
一般而言，被吸血鬼吸了血之後會變成食屍鬼。
然而，如果是沒有經歷過性行為的潔淨之身，被吸了血之後似乎會變成下級的吸血鬼。
「我還是潔淨之身所以能變成吸血鬼呢。」
「眼神明明像個不死者，居然說出這種話來啊，小鬼。」

這個臭不死怪物，他想說我的眼神是死魚眼是嗎？

「我當然是身心都還很潔淨，不過並沒有要變成吸血鬼那種東西的意思。」

「我當然也還是潔淨之身，不過身為紅魔族令我引以為傲，所以我拒絕。」

「我我、我當然也還是潔淨之身……才對，所以不會變成食屍鬼……應、應該……」

有個傢伙似乎有點不安呢，至於她為什麼會那麼沒自信，晚上一個人都在做些什麼，晚點再好好問個清楚好了。

「原來如此，換句話說你是個壞不死者對吧？不過站在我個人的立場，我覺得無論是好不死者還是壞不死者都應該一視同仁淨化下去就是了。」

「哼，妳這傢伙在說什麼啊？這世界才沒有什麼不壞的不死者那種稀奇古怪的東西。」

沃夫岡以一種這傢伙在說什麼傻話的眼神看著阿克婭，同時嗤之以鼻，尖牙也從嘴角露了出來。

和沃夫岡呈現對比的是維茲，她用力舉起手。

「有！阿克婭大人，我不是普通的善良不死者，而是非常善良的不死者！畢竟我隨時都為了阿克婭大人準備好茶點，無論何時都會幫妳泡熱茶！」

「妳這傢伙，居然對身為人類的菜鳥祭司如此阿諛奉承，難道妳連身為不死者的尊嚴都沒有了嗎！人類分明是我們的食物、我們的奴僕。真是，居然有如此卑微的巫妖！」

聽沃夫岡這麼說，維茲靠到阿克婭身邊。

「阿克婭大人、阿克婭大人，妳聽到了嗎？吸血鬼終究是這種貨色。明明自己原本也是人類，卻把人類時代的事情視為黑歷史封印起來當作沒發生過。然後把自己是高貴的存在之類的說詞掛在嘴邊危害人類，分明就是一群自視甚高的自戀狂。快驅除那種不良分子吧！」

她故意用大家都聽得見的音量，在阿克婭耳邊如此勸說。

「喂，我聽到了喔，半路出家的傢伙！我們吸血鬼是以成為永遠的超越者為目的而不死化，和你們巫妖那種出於想要研究魔法到永遠，這種噁心的繭居族觀念而不死化的傢伙強多了！」

「巫妖化的目的是研究魔法的人只有一小部分而已！像是為了拯救心上人，或是為了拯救重要的夥伴之類的，基於這種理由而變成巫妖的也大有人在——！」

平常敦厚又穩重的維茲真的不知道消失到哪兒去了，她回嘴的模樣幼稚到了新低點。

「竟敢對我這個原本也是貴族的高貴存在出言不遜！很好，吸血鬼和巫妖究竟孰優孰劣，我們現在就在這裡做個了斷！咱們來決定真正的不死者之王是誰吧！」

「樂意奉陪！沒辦法走到太陽底下又偏食的吸血鬼怎麼可能是巫妖的對手！不死者之王鐵定是巫妖！」

超高階不死者之間的巔峰之戰就這麼突然開始了。

兩人對著彼此開始詠唱魔法——！

「『Turn undead』——！」

「「啊啊啊啊啊啊啊啊啊！」」

結果那個完全不會看場合的傢伙，也不知道在想什麼，突然就從旁施展了淨化魔法。

在微弱的光芒籠罩之下，兩人渾身冒煙，一邊慘叫一邊打滾。

不久後，身影變得有些模糊的維茲虛脫無力地躺在地上，沃夫岡則是身體有一部分化為灰燼，抽抽搭搭地哭著。

「你們給我等一下，沒有問過本小姐就擅自開戰是什麼意思？」

在因為突如其來的行動感到困惑之餘，淚眼汪汪的沃夫岡將他因化為灰燼而疼痛的右手抱在懷裡，戰戰兢兢地問了。

「慢、慢著，有話好說。妳突然來這招是幹什麼呢？人類女孩啊，這是不死者之間的高尚戰鬥，插手阻撓未免太不識趣了吧？……應該說妳真的是人類嗎？如果不是因為我正在和這個巫妖對峙而凝聚魔力，差點就要升天了……」

身影變得模糊的維茲挺起身子，同樣淚眼汪汪地說。

「嗚嗚，太過分了，阿克婭大人……妳怎麼突然動手啊？我都看見貝爾迪亞先生在冥河對面搭訕我，叫我過去了……」

沒有理會搖搖晃晃地站起來的兩人。

「說到祭司就想到不死者。說到不死者就想到本小姐。沒錯，如果要決定不死者之王，我身為祭司中的祭司，又是這世上最優秀的不死者殺手，我的意見應該非常重要才對吧。」

不知為何一臉得意洋洋的阿克婭，又再次說出這種莫名其妙的話來。

6

遵照阿克婭所說而移動到洞窟入口來的我們，觀望著氣勢比剛才低落了一些的兩個不死者。

應該說，因為不知道接下來必須被迫面對什麼，他們兩個顯然很害怕。

沃夫岡應該也沒想到自己會因為區區一招淨化魔法就瀕臨死亡吧。

不久前他還用看著可憐蟲的眼神在看阿克婭，現在已經變成在看天敵的眼神了。

「好了，那麼接下來我要請你們兩個對決，看看誰才是真正有資格稱為不死者之王的那個。至於為什麼要叫你們做這種事情，當然是因為感覺就很好玩！事情就是這樣，首先是惠惠。」

「什麼事？」

突然聽到自己的名字，惠惠一臉驚訝地轉頭。

「說到巫妖和吸血鬼，就想到高強的魔法抵抗力和皮厚血多。所以接下來我要請你們兩個試試看……在惠惠的爆裂魔法之下可以撐多……」

在阿克婭說到最後之前，兩個不死者已經逃走了。

——由於無法走到陽光底下，沃夫岡逃進了洞窟深處……

「我明白了！我再也不會自稱是不死者之王了，所以饒了我吧！」

「嗚嗚……該怎麼說呢，即使是不死怪物，聽見對方哭喊成這樣我還是會不忍心……」

「不可以喔，達克妮絲，怎麼可以縱容不死怪物呢！更何況對象還是吸血鬼。而且既然他打算在這裡儲備力量，就表示他打算危害鎮上的人。要是他想就這樣放棄比賽的話，我就用淨化魔法消除他。」

「這傢伙在說什麼啊！別開玩笑了，哪有不死者能夠抵擋得了爆裂魔法啊！」

原則上應該是最強的不死者之一才對的可憐吸血鬼被達克妮絲從洞窟深處拖了出來。

然後——

「阿克婭大人，那個吸血鬼說的沒錯！即使巫妖再怎麼強，面對爆裂魔法也沒戲唱，會消失的！不然，我們比點別的好不好！我想想，吸血鬼和巫妖都會用『Drain touch』，讓我們互吸對方看誰厲害之類的！」

「喔喔，這個好！說得對，我也覺得這是很適合不死者之間較量的項目！」

同樣被阿克婭拖著走的維茲拚命提出別的方案，而沃夫岡也表示贊同。

「咦——？可是，洞窟外面的惠惠已經準備好要動手了耶。」

經阿克婭這麼一說，我看向外面，只見惠惠用力揮舞著法杖，眼睛都紅到閃閃發亮了。

畢竟這是有可能收拾掉兩隻高階不死怪物的機會，成功時的經驗值想必也很賺吧。

看來這傢伙已經想過了，覺得經驗值比維茲和我們的情分還要重要吧。

「喂，阿克婭，再怎麼說，維茲教過我技能，也照顧過我們，就讓他們比些安全一點的東西吧。應該說，讓他們比『Drain touch』不是很好嗎？」

「沒錯，再多說一點啊，死魚眼小鬼！不然要我把你變成吸血鬼來犒賞你也行喔！我剛才說你看起來不像潔淨之身，不過仔細一看，你的長相看起來也不像有辦法進行不純交友！一定可以變成吸血鬼吧！」

「小心我把你拖出去洞窟外面曬太陽喔。」

7

陰暗的洞窟裡亮起了詭譎的光芒。

是兩隻不死怪物施展強大的「Drain touch」時散發的光芒。

不同於我所使用的劣化版，正牌使用者施展那招的時候，吸出來的魔力清晰可見。

「喔喔，你們兩個還挺厲害的嘛。我可以感覺到魔力被吸得很用力。」

夾在兩個不死怪物中間被「Drain touch」吸取魔力的，是一臉淡定，態度游刃有餘的阿克婭。

「人類女孩啊，妳已經被吸走不少魔力了，沒問題嗎？我原本的打算是讓我和巫妖使用『Drain touch』互吸，直到其中一方被吸乾為止才對。」

明明是在吸取魔力的一方的沃夫岡卻這麼問阿克婭，看起來還有點擔心。

「是、是啊，即使是阿克婭大人，一直被我們兩個這樣吸，再怎麼樣應該也會很難受吧……？」

同樣的，連維茲也不安地這麼說。

然而，阿克婭卻是嫣然一笑，開心地對關心她的兩人說：

「哎呀，你們兩個那麼擔心我啊？」

對於阿克婭天真無邪的發言，沃夫岡嗤之以鼻。

「……哼，我怎麼可能擔心祭司的身體啊。會這麼問是因為我不希望在和那個巫妖比到一半的時候，因為妳的魔力耗盡而無法分出高下。」

「和那個性格扭曲的吸血鬼不一樣，我是純粹在擔心阿克婭大人喔……話說回來，看起來真的還好好的呢。不知道該說不愧是阿克婭大人還是怎樣……」

正當維茲說到這裡時。

我發現，在微弱的亮光照耀之下，維茲的臉色顯得比平常還蒼白，而且身影也變得比剛才還要模糊了。

然後不經意地，沃夫岡輕聲低語。

「……我總覺得從剛才開始就隱約感到有點刺痛。應該說我忽然想到，這樣比到底要怎麼分勝負啊？兩個人同時吸取魔力，要怎樣才能判斷誰吸得比較多啊？」

這時維茲也赫然驚覺。

「這麼說來的確是這樣。我們是遵照阿克婭大人的吩咐才開始比這個的，不過到底要吸多少才行啊……那個，阿克婭大人？這種時候還是讓我們用『Drain touch』互吸，吸到其中一方倒下才是最好的……」

就在這個時候。

剛才還是單方面被吸魔的阿克婭抓住兩名不死者的手。

簡直就像是不想讓他們中途放棄不吸似的。

「那個，阿克婭大人？妳為什麼要抓住我們的手？即使不這麼做，事到如今我們也不會逃跑了喔？話說回來，我從剛才就覺得有點不太舒服，是不是淨化魔法的影響啊……」

「嗯？妳也覺得身體不適嗎？我也是從剛才開始就覺得頭昏得緊，渾身都在發燙。應該說，以生前的感覺來形容就像是吃壞了肚子似的……」

聽他們這麼說，我才想通阿克婭真正想做的事情是什麼。

「妳這傢伙其實根本不想管他們誰輸誰贏對吧？妳只是因為視不死怪物為眼中釘，想要惡整他們而已，對不對？」

「──！」

我這句話，讓理當一直吸著阿克婭的魔力卻顯得非常憔悴的兩人露出震驚的表情。

「唔、喂，算了我明白了！就當作巫妖才是不死者之王也無所謂……喂，放開妳的手！應該說我無法阻止魔力流入！喂，夠了、我說夠了！我覺得身體很燙還開始想吐！」

「阿克婭大人，妳為何不肯放手呢！我覺得再這樣下去會非常不妙啊，阿克婭大人！」

面對兩隻驚慌失措的不死怪物，阿克婭嫣然一笑之後這麼說。

「你們兩個剛才問了這樣比要怎樣才能出勝負對吧？」

在阿克婭開心地這麼說的同時，魔力依然源源不絕地灌入。

「我已經不想管勝負如何了！快把妳的手放開！放……這是怎樣，為什麼憑著吸血鬼族的怪力也拉不開！」

「阿克婭大人，我會消失、我會消失！再這樣下去我真的會消失！」

對著放聲慘叫的兩人，阿克婭開心至極地高聲說道。

「啊哈哈哈哈哈哈！來，我來幫你們選出誰才是有資格稱王的不死者！你們吸納我神聖的魔力到底能撐得了多久，讓我好好見識一下吧！單憑吸血鬼的怪力別想拉開我的手喔！畢竟我的力氣原本就很大了，現在更藉由支援魔法進一步強化過了喔！」

「喂，達克妮絲、惠惠，快阻止阿克婭！再這樣下去維茲會消失不見！」

「夠了，阿克婭，把妳的手放開！不要覺得這是個好機會就想連維茲也淨化掉！」

「等等！大概是因為有兩隻高階不死怪物吧，阿克婭也變得特別頑固！」

手依然被抓著的兩人大喊。

「我知道了，是我不好！我再也不會對人類下手，也願意在此立誓不吸血！今後我就當個素食主義的吸血鬼好了！」

「阿克婭大人——！我還有事情沒有完成所以請多給我一點時間吧阿克婭大人啊啊啊啊！」

對著試圖把她拉開的我們，阿克婭一邊展現超乎預期的頑強抵抗一邊說。

「啊哈哈哈哈哈哈哈！只要本小姐的眼睛還藍得發亮的一天，就不會放過什麼不死者之王！」

——那一天，盯上阿克塞爾的吸血鬼遭到淨化。

然後維茲魔道具店公休了一週左右。

魔王軍幹部很忙

1

討伐了魔王軍幹部巴尼爾之後，債款已還得一乾二淨，我們過著怡然自得的每一天。

總是囉哩囉嗦地催促我工作的達克妮絲和惠惠今天也一大早就出門了。

因此，我專心一意地注視著添在大廳暖爐裡的柴火燃燒，就這麼發著呆，然而……

「吶，和真，我覺得這個城鎮的人們太沒有警覺性了。對於大家現在的狀況，我想敲響警鐘。」

明明每天過著如此無憂無慮的舒適日子，阿克婭卻推開我的身體，用力把自己的身體擠進最溫暖的地方，同時說出這種話。

「阿克婭好棒棒喔，居然知道警鐘這麼難的詞彙呢。應該說這裡的空間沒多大，不要擠進來好嗎？今天輪到我用這個特等座了。」

「知道那麼難的詞彙的聰明女神現在冷到發抖了好嗎？再過去一點啦，小氣尼特。順便告訴你，警鐘就是危險很危險的意思。」

說出類似頭痛很痛那種蠢話的阿克婭占領了暖爐前面後，將格外認真的臉孔湊過來。

「聽好了，和真。現在這個城鎮竟然有兩名魔王軍幹部耶。」

「妳是說掛名幹部維茲，還有已經變成前幹部的巴尼爾嗎？這到底有什麼問題？」

我一邊丟新的木柴進去暖爐裡一邊這麼問，阿克婭便搖頭嘆氣。

「和真先生就是因為這麼沒有危機意識才會動不動就死掉喔。你目前為止死過幾次了？是怎樣？難不成你其實是艾莉絲的信徒，每次都是想見艾莉絲才死掉的嗎？」

我的確是動不動就死掉，但被這傢伙說就覺得很火大。

「我也不是自己喜歡才死的好嗎？東一句危機意識、西一句警覺性的，妳從剛才開始到底想說什麼啊？」

聽我這麼說，阿克婭一副終於等到我開口的樣子，挺起胸膛。

「當然是監視！我們去監視那個面具惡魔！那個惡魔竟然比一直住在這個鎮上的我更輕鬆融入大環境！根據我的調查，他最近好像很受附近的小朋友歡迎。」

「只是小朋友覺得那傢伙的面具很稀奇而已吧？小朋友不都很喜歡穿戴式的配件嗎？」

然而，阿克婭用力搖了搖頭。

「我本來也這麼覺得，就做了個超像食人魔王、藝術性極高的面具帶去接近小朋友們，結果他們哭了出來，還丟我石頭。」

「妳這傢伙不要做那種無聊的事情弄哭別人家的小孩好嗎……所以妳監視那傢伙是想怎

樣？就算萬一他真的做了壞事好了，我可不想和他有所牽扯喔。那傢伙要是認真起來很強好嗎？中了巴尼爾式什麼什麼光線的我肯定一招暴斃。」

對於我畏縮的發言，阿克婭胸有成竹地輕笑了。

「少笨了，和真，我不就是為了這個而存在的嗎？你以為我是誰啊，我可是惡魔的天敵，女神喔？只要確實找到他在做壞事的證據，即使在鎮上襲擊那個傢伙，警察先生也不會罵我啦！」

「我才稍微沒注意，妳就幹出那種事情了是吧。」

把我的吐嘈當成耳邊風，阿克婭當場站了起來……！

「……果然還是很冷。等這根柴燒完之後再說吧。」

「畢竟外面還很冷嘛。不然等到哪天比較暖的時候再說也行。」

然後當場坐了回來，和我一起一直望著暖爐裡熊熊燃燒的火焰。

2

和阿克婭一起撐過寒冷的上午，來到暖和幾分的午後。

「『Explosion』——————！」

爆裂魔法的爆炸聲在阿克塞爾的平原轟然響起，結束例行公事的惠惠一臉滿足地倒下。

「呼……今天的爆裂可以打九十分吧。請看，盪漾在這沁涼又乾淨的空氣中的魔力爆炸的殘滓。如果要比喻，這或許可說是和雨過天晴之後高掛的彩虹一樣，是一種稍縱即逝的美感……」

趴在地上的惠惠說出這種蠢話。

「是是是，漂亮漂亮，今天的爆裂也很高分。好了，妳趕快翻成仰躺我才能揹妳啊。」

聽我這麼說，惠惠以熟練的方式翻過身。

我實在很不喜歡惠惠只有做這種事變得越來越嫻熟，除了用揹的以外難道沒有別的方法可以搬這傢伙了嗎？

「……你怎麼了，怎麼臉色那麼凝重？你可以揹我了喔？」

「沒事，我只是在想有沒有更輕鬆一點的方式能搬妳。拜託土木工程的工頭看看能不能借台單輪推車來好了？不對，這樣搬起來不太穩，乾脆動手做一台類似嬰兒車的東西也是個方法……」

「喂，不要說那種令人不放心的話好嗎！嬰兒車是什麼東西啊，我怎麼想都只有不祥的預感！」

惠惠帶著僵硬的表情抗議，但我專心沉思了起來，越想越覺得這招其實不錯。

嗯，應該可行吧。

順便做得堅固一點，這樣要是在回程碰上怪物時就可以連著上面的惠惠加速衝撞怪物，似乎會是不錯的武器……

「和真，你默不作聲讓我很不放心所以請你說點什麼！你想想，可以揹我其實算是賺到吧？放棄後就少了一個和女生肢體接觸的機會了喔。」

「還在發育的妳的身體到處都還很硬啊，要揹的話我想揹個更軟的女生。」

「你這個臭男人！」

此時，就在我和惠惠這麼鬥嘴的時候。

「呼哈哈哈哈哈！看來汝碰上難題了哪，嘴上這麼說但其實每次都在心裡偷偷期待能夠揹那個女孩回家的男人啊！」

「你突然冒出來說的這是什麼話啊，誰誰誰在偷偷期待了！」

也不知道原本是在哪兒，突然冒出來的巴尼爾看著我露出笑容。

這傢伙該不會是跟蹤我們吧？

阿克婭說要監視他，但反而現在我們才是被監視的一方。

「放心，沒什麼好煩惱的，忠於欲望是一件好事。吾也是順從欲望才像這樣大啖汝的羞恥的負面情感啊。」

……回到鎮上之後慫恿阿克婭去鬧他好了。

正當我們如此對話時，依然躺在地上的惠惠說。

「不好意思，雖然不是什麼很重要的事，不過你也差不多該把我揹起來了吧？躺在土地上有點冷。」

說著，她伸出雙手，催我趕快揹她。

「真拿妳沒辦法……今天我揹妳回去就是了，不過明天開始我就要用單輪推車了喔。對於揹妳這回事我可是一點都不期待喔。」

「把我像東西一樣運回鎮上再怎麼說我也不太能夠接受……巴尼爾，有什麼事嗎？應該說，你手上的東西是什麼？」

聽惠惠這麼說，我也發現巴尼爾手上有一樣東西。

「嗯。這正是吾跟蹤汝等來到此地的理由。以普通方式揹起來很累。但是，又想盡情享受還在發育的女孩的體溫及觸感。對於如此貪心的汝，這是最推薦的優良商品。來，要不要買一個啊？」

「喂，你不要說那種話喔。你每次說那種多餘的廢話都會讓其他隊友看我的眼神變得更冰冷……那是什麼？」

巴尼爾拿出來的是某種布巾。

「嬰兒揹巾。」

「和真，請你千萬別買那個東西！我都已經這個年紀了，拜託你絕對不要用嬰兒揹巾，那怕是用單輪推車也好！……和真你為什麼要打開錢包？和真！」

3

因為我從巴尼爾那邊買來的便利道具，害惠惠不肯跟我說話後，很快的已經過了三天。

「──找到了。和真你看，那個惡魔竟然在搭訕女人。」

「那與其說是女人不如說是阿姨吧。應該說，明明就是阿姨主動示好向他搭話，怎麼看都只是在做生意吧。再說搭訕也不算什麼壞事吧。」

正如同阿克婭之前提過的，我現在正在監視巴尼爾。

至於為何隔了這麼久才行動，不用說，當然是因為歷經天候、夜遊等各種苦難的緣故。

依然在提防嬰兒揹巾的惠惠找達克妮絲和她去搞例行公事了，所以被迫陪阿克婭玩這個的只有我。

貼在牆壁上偷偷監視巴尼爾的阿克婭說：

「少笨了，和真，透過各種方式接近陌生人，灌輸人家不三不四的觀念藉此進行洗腦，這就是惡魔的慣用伎倆好嗎？」

「妳所說的慣用伎倆和你們家信徒在做的事情沒兩樣好嗎？」

在我們的視線前方，聚在一起聊八卦的阿姨們正和巴尼爾相談甚歡。

從不時傳來的笑聲判斷，他在這個城鎮比自稱女神適應得更好。

「吶，和真，太奇怪了。水果店的阿姨表現得也太親切了吧。我去買東西的時候，她從來都沒給我好臉色看過。」

「還不是因為妳每次去都要殺價。喔，他好像要離開了。」

終於聊完之後，和阿姨們分開的巴尼爾走向鎮上的商店街。

我們也趕緊跟了上去──

「──來，這是保證極為靈驗的巴尼爾人偶！把這個放在房間裡面，幽靈肯定會嚇到消失！現在買還贈送半夜會笑，會從眼睛發光的附加功能！」

在商店街的人群當中，巴尼爾開始在路邊擺攤叫賣。

攤子上擺滿了我們之前打過的那種詭異人偶的縮小版。

「……請問，那個真的有趕跑幽靈的效果嗎？」

一名女子戰戰兢兢地靠近了那個可疑的攤販。

「嗯，比艾莉絲教會販售的詭異護符還有效多了。缺點是放在窗邊等容易被人看見的地方的話，可能會被趕流行的惡魔們拿走就是了。」

「請給我一個！啊啊，這樣就不用害怕每天晚上被騷擾了！我那個婆婆就連死了之後都來欺負媳婦！她每天晚上都在我的枕邊手舞足蹈地大鬧，不讓我睡覺！這樣我就可以給那個女人一點顏色瞧瞧了！」

我和阿克婭躲在暗處，遠遠看著那個發言令人不安的女客人和巴尼爾的狀況。

「……喂，那個女的說她有幽靈問題耶。那應該是屬於妳管轄的吧？惡魔還比較幫得上她的忙是怎樣？」

「你在說什麼啊，那可是有正當理由的好嗎？那個人的婆婆說，生前欺負媳婦的作為她已經有所反省了，說她想要道歉。所以，她才每晚在那個人的枕邊跳她的創作舞步來表示歉意。這是我在打算驅除她的時候聽她本人說的，所以錯不了。」

我覺得那只是她還想繼續欺負媳婦而已吧。

「話說回來，那種東西也賣得出去啊，我也來生產阿克婭人偶兼作傳教之用好了。灌注水之女神的超強神力在裡面，隨著清淨的黎明到來人偶就會產生出潔淨的水，這樣如何？這種功能總是很方便，小朋友們應該會很喜歡吧？」

「抱著人偶睡覺的小朋友們就會隨著黎明面對大慘案。我怎麼想都只看得到隔天早上被媽媽誤以為尿床而挨罵的景象。」

在我們說這些的時候，詭異的人偶一個一個賣了出去，最後銷售一空。

不久後，巴尼爾把攤開在路上的包袱巾摺好，便漫無目的地離開了。

我和阿克婭連忙從後面跟上去……

只見巴尼爾突然停下腳步，頭顱轉了一百八十度，目不轉睛地注視著我們。

「——嚇死人了！跟蹤你是我們不對，但要叫我們總有更溫和一點的方式吧！」

「就是說啊，剛才那個剛好路過的小朋友都嚇哭了！你給我向那個孩子和我道歉喔！當然我是沒有嚇到，不過姑且還是該向我道歉！我真的沒有嚇到喔！」

跟蹤他這件事被發現還反過來被嚇到的我們，對著巴尼爾咄咄逼人。

「擅自跟蹤吾還說這種話，未免太不講理了吧。跟蹤狂女人與膽小的小鬼啊，汝等找吾究竟有何貴幹？」

「沒有啊，怎麼說呢，只是有點好奇你在這個城鎮過得好不好。」

「當然是在監視你有沒有幹壞事啊！」

在我斟酌言詞的時候，阿克婭很乾脆地自己爆料了。

「叫惡魔不准幹壞事是足以動搖吾之存在基礎的事，不過吾在這個城鎮還有其他事情該做，所以無須擔心，吾不會做任何壞事。應該說多虧赤字老闆努力工作，這個月的財政也相當吃緊。如果不賺點外快店會被查封的。」

真不想看見魔王軍幹部為了店裡的虧損而努力掙錢。

「惡魔說的話我才不信呢。如果你真的沒做虧心事，就這麼讓我繼續跟著你也行吧？」

聽阿克婭這麼說，巴尼爾撇了一下嘴角，看起來真心感到厭惡的樣子。

「光是有汝跟著就讓吾只有不祥的預感了……不過算了，只要不妨礙吾的話就隨便汝好了。」

說完，他揮了揮手，離開了現場——

「——來喔來喔，新鮮的洋芋男爵大特賣喔——！會彈跳會跳舞又可以吃！活跳跳的現採洋芋男爵喔——！」

「今晚最推薦的食材是這個，營養滿分的蓬萊紅蘿蔔！打起來有趣、吃起來美味，還可以一起睡，根部長得特別性感的蓬萊紅蘿蔔，參考看看啊！」

到底是為什麼會變成這樣？

阿克婭和巴尼爾在我的眼前幫蔬果店攬客。

「可惡的特賣女，不准妨礙吾賺外快！紅蘿蔔賣得越多利潤越高，吾的報酬也會跟著上漲。吾不知道汝為何突然開始賺外快，不過想攬客的話就到離吾遠一點的地方去！」

「喂，不准用那種好像會被降價求售的稱呼來叫我！我也沒辦法啊，看著你在攬客的樣子，我就回想起以前的打工生活，不願意輸給你的心情也跟著逐漸湧現……」

阿克婭好像認識蔬果店的老闆，看見巴尼爾工作的模樣就使性子說她也要打工，然後便帶著明顯的對抗意識努力攬客。

「不要只憑著無聊的對抗意識就來妨礙吾做生意！……慢著，前面那位走在路上的冒險者啊，汝面露苦難之相。不過也看得出買了這根紅蘿蔔即可化險為夷！只要好好收在懷中，保證紅蘿蔔會在打怪的時候跳出來當誘餌！」

「如果是這樣的話比較推薦洋芋男爵喔！男爵是武鬥派，若能夠順利馴服別說誘敵了，說不定還可以當前鋒呢！」

蔬菜乖乖用來當食材好嗎？

在我因為這世界仍舊毫無道理可循而感到氣憤的同時，蔬菜依然接連售出。

「我賣得比較多。但也只能說是理所當然，這就是平常有沒有好好做人的差別了。」

「不過利潤是吾賺得多。比起洋芋男爵那種東西，蓬萊紅蘿蔔的味道和價格和戰鬥力都高上一個層次。」

我實在很想追問蔬菜還論戰鬥力是怎樣，然而，沒多加理會兩人的對抗意識燃燒得有多火熱的蔬果店老闆因為生意好，心情也跟著好。

「哎呀——你們倆真的幫了我很大的忙。要不要乾脆正式在我們店裡工作啊？這門生意肯定是你們的天職，我敢保證！」

那兩個傢伙的天職是女神和惡魔喔。

「難得老闆都開口了，吾感激不盡，只是吾還有該做的事情要做。如果是偶爾來賺外快倒是無所謂……」

「這個嘛。我個人覺得窮究蔬果店之道也不錯，只是真的那麼做的話全國一千萬名阿克西斯教徒會哭的……」

你們為什麼也一副有點興趣的樣子啊？

4

隔天早上。

「那個惡魔完全沒有露出馬腳呢。」

懶洋洋地躺在沙發上的阿克婭頂著一張臭臉這麼說。

昨天發現勞動的喜悅之後，阿克婭努力打工到很晚，回過神來時一天已經結束了。

「我覺得是妳想太多了吧。那傢伙只是煩了一點，我想應該不會害人喔。今天也要去跟蹤那傢伙嗎？」

「是嗎？總之，就這樣一直沒有發生任何問題的話，突然驅除他反而會害我被當成壞人吧。調查那傢伙的行動今天也休息一天好了。因為我昨天有工作啊，勞動後就需要休息。」

才打了一天零工有沒有休息的必要讓人非常懷疑，但站在我的立場，可以不用被迫陪她去做奇怪的事情的話當然比較好。

我一邊把木柴拋進暖爐裡，一邊把昨天阿克婭當成薪水帶回來的洋芋男爵埋進暖爐的灰裡面烤。

如果有鋁箔紙還可以包起來烤，不過這個世界果然沒那種東西。

室內開始飄起洋芋烤熟的香味，阿克婭便急急忙忙跑去拿奶油和醬油。

順道一提，還在提防巴尼爾帶給我的便利道具嬰兒揹巾，最近都不肯和我說話的惠惠也在我身邊。

看來她重視食欲更勝於自尊，蹲在暖爐前面，迫不及待地等著洋芋烤好。

我一邊心想她還真好拐，一邊從灰裡面挖出烤得恰到好處的洋芋時，已經睡醒的達克妮絲也從二樓現身了。

「真是難得啊，妳居然是最後起床的一個。洋芋烤得很不錯，妳要吃嗎？」

一臉還很想睡的達克妮絲用力眨了眨眼，接著點了頭。

「我要吃。沒有啦，是為了查一樁怪案子，害我昨天晚上很晚才回來。」

……怪案子？

「──其實是這樣的，最近這一陣子，住在旅店的冒險者們表示他們受到惡夢所苦。」

達克妮絲一邊吃著奶油洋芋一邊這麼說，讓我略感不解。

「惡夢誰都會作吧？這哪裡算是案子了？」

對於我的疑問，達克妮絲一臉傷腦筋地說。

「我也這麼覺得……可是聽說，冒險者睡的房間傳出淒厲的慘叫，老闆趕去房間看是怎麼回事，結果他們都說只是作了惡夢而已……這樣的情形實在發生太多次了，旅店老闆才提出訴求，認為會不會是怪物還是什麼東西搞的鬼。」

大口吃著奶油洋芋，把臉頰撐得像松鼠一樣的惠惠表示。

「說到讓人家作惡夢，有種名叫夢魘，長得像黑馬的怪物就會這樣。不過，那種東西要是混進鎮上的話應該會有人發現吧……」

是啊，半夜有馬在鎮上到處亂晃的話總會有人知道吧。

這時，聽到這裡的阿克婭敲了一下手。

「吶，和真，這一定是在獎賞我平常表現得太好了吧！」

然後一邊擦掉嘴邊的醬油，一邊說出這種讓人聽不下去的話。

「妳是說拿人家的不幸來配飯特別好吃嗎？妳如果再動不動就說那種話，就真的差不多要遭天譴了喔？」

「才不是咧，臭尼特，天譴再怎樣也落不到本小姐頭上好嗎！你還記得吧，那個古怪惡魔不是做了奇怪的人偶來賣嗎？」

聽阿克婭這麼說，我回想起巴尼爾昨天賣的防幽靈人偶。

「護身符啦！我要賣阿克西斯教的護身符！所謂的夢魘，是讓人作惡夢再藉此食用負面情感的一種下級惡魔。只要有我稍微加把勁做出來的護身符，那種惡魔嘍囉根本不敢靠近！這個計畫進行得夠順利的話，既能賺錢又可以提升阿克西斯教團的評價，更不會有人作惡夢了！不覺得這是個可以讓大家都幸福的完美方案嗎！」

面對難得提出好主意的阿克婭，大家都投以狐疑的眼神。

「妳是怎麼了，奶油洋芋裡面混了奇怪的東西嗎？洋芋男爵這種蔬菜的名稱這麼奇怪，會有什麼奇怪的功效好像也不足為奇。」

「你小心真的會遭天譴喔。我偶爾也是會想到好主意的好嗎？」

她自己好歹還知道是偶爾啊。

「嗯，如果是這樣我也願意協助。阿克婭唯有身為祭司的能力值得信任。這樣的阿克婭所製作的護身符，我相信一定管用。」

「吶，達克妮絲，妳剛才是不是說了唯有身為祭司的能力？」

「說得也是，其他事姑且不論，關於驅除惡魔確實可以信任。有什麼我辦得到的事我也願意幫忙。」

「吶，惠惠，妳剛才說了其他事姑且不論對吧？」

——如此這般。

為了解決神祕的惡夢案，我們決定販售阿克西斯教團的特製護身符。

5

「——賣不出去耶。」

在冒險者公會的一角，將護身符擺在桌子上的阿克婭這麼說。

阿克婭跑去糾纏公會職員，以近乎半強迫的方式要到了販售護身符的許可。

「防惡魔的護身符又不是什麼帶著會吃虧的東西。聽說受惡夢所苦的都是男性冒險者，為什麼他們堅持不買啊？」

護身符完全賣不出去讓達克妮絲露出疑惑的表情。

「他們也是冒險者嘛。說不定是覺得因為害怕作惡夢而買護身符很丟臉。」

惠惠不禁點頭，一副她稍微懂大家的心情的樣子。

「……吶，阿克婭，我想問一下，既然這能防惡魔，代表夢魔當然也無法靠近對吧？」

「那當然了。夢魔那種弱小的惡魔怎麼可能有辦法接近我特製的護身符啊？這麼說來和真之前也被夢魔偷襲過呢，是不是在那個時候留下心靈創傷啦？真拿你沒辦法，給和真一個……」

「不需要。」

我秒回阿克婭。

「你是怎樣啦，人家難得說要免費給你護身符耶？你就乖乖收……」

「不需要。」

沒讓她說到最後，我再次秒回。

應該說我知道護身符為什麼賣不出去了。

要是拿著讓惡魔無法接近的護身符，要怎麼接受夢魔服務啊？

不僅如此，說不定光是把那種東西放在身邊就會遭到夢魔們討厭。

就在這個時候。

「喲，和真。你在這種地方做什麼啊？」

向我搭話的是出名的小混混冒險者達斯特與奇斯。

「在賣防惡魔的護身符啦。不過，完全賣不出去就是了。」

聽我這麼說，兩人苦笑著表示「那當然了」。

這時，我發現他們兩個小心翼翼地緊緊握著某種票券。

「吶，那是什麼票券啊？應該說看起來很像那間店的折價券，但顏色不一樣。」

聽了我的問題，達斯特和奇斯揚起嘴角，在遠離阿克婭她們後，對我招了招手，示意要我過去。

「……？是怎樣，到底是怎麼回事？」

儘管心生疑問，我還是來到兩人身旁，於是達斯特弓著背低聲說。

「最近，那間店開始提供特殊服務。這個是所謂的試用券，現在好像可以免費接受服務的樣子。」

真的假的。

在我心癢難耐地想著再不趕快去店裡的話試用券可能會發完的時候，奇斯也壓低了聲音說道。

「聽說那種特殊服務，裡面還摻了大獎呢。」

喂，真的假的啊！

「大獎是什麼，很厲害嗎？會作非常不得了的夢嗎？可是都已經能夠夢到自己喜歡的內容了，還有什麼大獎不大獎的……」

在我認真苦思大獎會是什麼時，同樣一臉認真的奇斯說了。

「對方可是夢魔呢。大獎大概就…………其實不是作夢……之類的？」

我把大家丟在現場，朝著那間店衝了出去。

6

回到家以後被阿克婭她們抗議說我跑去哪兒了，然後在我拜託她們讓我明天再幫忙賣護身符之後……

「沒問題，我的運氣非常好。所以一定沒問題。我怎麼可能抽不到大獎。」

我告訴她們說要去找達斯特他們喝酒，便住進了鎮上的旅店。

「牙也刷了、澡也洗了，而且洗得特別仔細，所以沒問題。」

現在已是夜深的時刻，鎮上的酒吧裡的燈火也都熄滅了。

「對方是專業的大姊姊，即使我是第一次也沒問題。不會被笑的，沒問題。沒沒、沒問題啦！」

躺上床的我從不久前開始就像這樣，不斷安撫自己。

不行，我毫無睡意，完全睡不著。

不對，其實別睡比較好嗎？

不對不對，如果沒中大獎就會變成只有情緒異常亢奮，最後連夢都沒得作這種最糟糕的狀況。

沒錯，夢魔大姊姊們那麼溫柔，如果中了大獎一定會溫柔地叫醒我吧。

既然如此，我應該努力設法趕快入睡才行。

「！」

這時，一道電擊竄過我的腦海。

在我千方百計都難以入眠的時候，前來讓我作夢的夢魔也傷透腦筋，最後表示既然這樣的話乾脆……便實際用自己的身體為我服務。

下次，我想拜託那間店讓我作這種狀況的夢。

「唉，為什麼我沒有早點想到這個設定呢？早點想到就不需要這麼緊張了……！」

如果是接下我指定的這個狀況的夢魔直接出現在夢裡的話，那就再好也不過了。

不對，這樣會被當成性騷擾而招來反感吧？

不對不對，夢魔們都溫柔又體貼，一定會笑著原諒我的。

說不定反而還會挑逗地捉弄我呢。

沒錯，就這麼決定了，阿克婭她們或許會懷疑，不過明天也去店裡好了。

就在我如此下定決心的時候。

「客人，你醒著嗎……？」

窗外傳來一個細小的聲音。

聽見那道聲音的我，心臟用力跳了一下。

「我我我、我醒著。不好意思，實在是睡不太著。」

我從床上跳了起來，以分岔的聲音如此回應後，窗外傳回一陣開心的輕笑。

「沒關係的，客人。我們的客人裡也有很多緊張到遲遲無法入睡的人。尤其是第一次的客人特別多。」

聽她這麼說，我在稍微感到放心的同時，更因為夢魔溫柔的本性感到高興。

我從床上起身，看向窗戶，看見的是之前闖進我的豪宅而被逮到的蘿莉夢魔，她帶著微笑出現在窗外。

夢魔悄悄地打開窗戶，輕身溜進房間裡面。

「可是該怎麼辦呢，即使現在讓客人入睡，到了最精彩的時候很有可能已經是天亮的時段了吧……」

夢魔一臉傷腦筋地這麼說，目不轉睛地注視著我。

「沒關係，是睡不著的我的錯，妳不需要操心。而且妳還記得吧，之前請妳來我的豪宅時也給妳添了麻煩對吧？所以這樣就算是扯平了……」

聽我連忙這麼說，夢魔微微一笑。

「這麼說來，那時候是客人救了我呢。我都還沒向你道謝。」

說著，她往我這邊踏出一步。

「沒、沒有啦，說什麼救不救的，抓住妳的是我的同伴，讓妳因為這樣而向我道謝好像也不太對吧……」

我盡己所能地不讓聲音分岔。

「那個時候你挺身相助，讓我很高興。」

而夢魔又往我這兒踏出一步。

「幫幫、幫助女孩子對冒險者的人而言應該是理所當然的吧……」

然後把手放在完全陷入錯亂的我的嘴唇上，阻止我繼續說下去。

「身為夢魔的我明明是惡魔，你卻願意把我當成女孩子嗎？……我很高興。」

接著在黑暗中溫柔地抿嘴一笑。

「客人。既然你一直都睡不著的話……讓我直接答謝你如何？」

7

「阿克婭啊啊啊啊啊啊啊啊！阿克婭、阿克婭、阿克婭啊啊啊啊啊啊啊啊啊啊！」

我衝進豪宅裡，帶著布滿血絲的眼睛尋找阿克婭。

「你、你突然這樣大呼小叫的是怎麼了，阿克婭小姐在這裡啊？」

坐在平常固定待的沙發上，穿著睡衣的阿克婭一臉困惑。

「阿克婭，咱們殺了那傢伙吧！我絕對無法原諒那個混帳，我要宰了他！」

「不要說那種達克妮絲才會說的話好嗎？先冷靜下來再說。那傢伙是在說誰啊，你昨天不是外宿去了嗎，到底發生什麼事了？」

面對顯得格外冷靜的阿克婭，我哭著把昨晚發生的事情快速地說了一遍。

「——那個，你說你打算和前來道謝的女生一夜纏綿才發現她其實是巴尼爾更是大獎是什麼意思，我完全聽不懂你在說什麼。」

「我發生了什麼事一點都不重要！應該說回想起來就讓我一肚子火，我還因為半夜大聲慘叫而被旅店的大叔罵了好嗎！最重要的是我們趕快去驅除那傢伙，妳說的沒錯，惡魔是敵人！」

面對聲淚俱下地泣訴的我，阿克婭不知為何顯得有點害怕。

「你聽我說，我昨天和達克妮絲商量過了……」

然後，達克妮絲顯得難以啟齒地嘟噥了一會兒，才接著阿克婭的話說下去。

「嗯。別看巴尼爾那樣，他其實會在鎮上清理垃圾，還會驅趕烏鴉，表現出來的態度相當令人佩服。所以，就是……我們決定姑且正式迎接他成為鎮上的一分子……」

這天。

我暗自發誓，要將惡魔和魔王軍幹部從這個世界趕盡殺絕。

KONO SUBARASHII SEKAI NI SYUKUFUKU WO! YORIMICHI!
小心冒牌貨！

1

事情發生在已經過了午餐時間，但是要吃晚餐還太早的時段。

不知怎地有點小餓的我在阿克塞爾到處閒晃，並且向路邊攤買東西吃。

「喂，那位小哥。」

我在路邊攤買了謎肉串燒，坐在長椅上大快朵頤的時候，一個看似冒險者的男人過來向我搭話。

會在這個鎮上叫我小哥，表示他大概是外地來的人吧。

「有事可以哽偶吃完艾唆嗎？」

「……可、可以，不好意思啊，妨礙你吃東西。」

我一邊嚼著串燒，一邊觀察向我搭話的冒險者。

身高大概比我高兩個頭吧。

身上穿著統一為黑色系的輕量鎧甲，外面披著同樣是黑色的斗篷。

長相一言以蔽之算是凶神惡煞，卻也是讓人感覺頗有成熟韻味的型男。

鎧甲上到處布滿細微的損傷，掛在左右腰際的一對雙劍似乎也用了很久，一看就知道是相當資深的冒險者。

頭髮是紅褐色，看起來意志相當堅定的褐色眼眸更散發出不像是普通人物的神采。

——他應該是個等級遠在我之上又厲害的身經百戰的強者，這點絕對錯不了。

「你繼續吃你的。邊吃邊聽我說就好。其實，我在找人。」

男子先是這樣起頭。

「我叫豪真。全名是走藤豪真。我聽說這個城鎮有個男的名叫佐藤和真所以來到此地。聽說他在這裡是個很出名的人物，你能告訴我要去哪裡才見得到那個傢伙嗎？」

我把吃到一半的串燒噴了出來。

「——你還好嗎？來，我用『Create water』弄了些水，喝一點吧。」

遞了一杯水給嗆到咳個不停的我，豪真這麼說。

……沒錯，他叫豪真。

「你說你叫豪真對吧，謝謝你……那個，豪真先生是冒險者對吧？請問你找佐藤和真到底有什麼事……」

我接過水杯小口啜飲，同時若無其事地刺探。

是說我們的名字也太像了吧。

現在是怎樣，他該不會是想說我們的名字太像了，所以要叫我改名，或是要繼續用那個名字的話就交出使用費來之類的吧？

爸媽幫我取的名字別人當然沒資格挑剔，但要是被這種長得凶神惡煞的高手威脅的話，我可能會忍不住交出錢包。

「其實是這樣的，名字和我很像的那個傢伙似乎風評不太好。因此我也在很多地方枉受池魚之殃。我是為了這個才想來向他抗議一下……不過，還有另外一個目的就是了……」

說著，豪真一邊苦笑，一邊抓了抓後腦杓。

該怎麼說呢，他看起來好像不是什麼壞人。

他所說的不太好的風評是怎樣讓我相當好奇，不過我也知道，外面關於我的傳聞都不怎麼樣。

他看起來也不像很暴躁的人，好好把話說清楚的話，他應該會諒解吧。

「……你先不要生氣，聽我說好嗎？其實……」

就在我說到這裡的時候。

「豪真！真是的，原來你在這裡啊！你找到那個叫和真的刁民了嗎！」

遠方傳來的女性聲音這麼叫他。

隨著聲音傳達，我看見三名女冒險者往我們這邊走來。

「豪真，我們不是才說你的長相太嚇人，所以收集情報的工作我們做就好了嗎？你現在怎麼看都是在恐嚇路邊的男生喔？」

這麼說完且對我投以憐憫的眼神的是一個黑髮的魔法師。

「不好意思，我們家豪真先生給你添麻煩了……」

說著，一臉歉疚地低頭道歉的是位髮色帶點藍的祭司。

然後……

「少年，不好意思啊。不過，這男人的本性並不壞。你就別怕他了。對了，我是……」

一頭偏暗的金髮配上碧眼的美女對我行了一個完美的騎士禮，同時露出微笑。

「我叫拉克蕾絲。職業是十字騎士。少年，你叫什麼名字？」

「我的名字是田中。」

我決定使用假名。

2

「讓各位久等了。這是香脆炸蟾蜍舌！」

「喔，來了來了。這個也很好吃喔。」

我們換了個地方，決定在附近的店裡一邊吃東西一邊談事情。

看著放在我眼前的盤子，魔法師女孩的臉皺成一團。

「蟾、蟾蜍？唔哇——我無法。放棄。吶，沒有跳高鷹鳶或是雪鳥兔的肉嗎？」

看來其他城鎮的冒險者好像沒吃過蟾蜍肉。

「這裡可是新進冒險者的城鎮耶。主流當然是最弱怪物的蟾蜍肉了。其他肉我們很少吃到。剛才的路邊攤的串燒也很好吃，可是老闆堅持不肯告訴我們材料是什麼。我們都管它叫謎肉。」

「真、真是服了你，居然敢吃那種來路不明的肉。我看你比不怎麼樣的冒險者還要有勇氣吧？」

再怎麼說我也勉強算是冒險者……這種話我當然不會說。

因為這個魔法師女孩剛才是這麼說的。

「找到那個叫和真的刁民了嗎！」這樣。

「你叫田中對吧？請盡管吃，不用客氣。你願意告訴我們情報，我們自然該聊表心意答謝你。」

祭司小姐這麼說，對我露出微笑。

這個人的名字好像叫阿庫婭。

然後……

「吶，你不吃嗎？吃起來是什麼味道？快告訴我感想！」

雖然放棄吃蟾蜍，但或許是因為好奇心很旺盛吧，魔法師的眼睛因期待而閃閃發亮。

其他人的名字也都和我的同伴很像，而這個女孩更是……

「惠兒，我們像這樣請他吃飯是用來充當情報費。換句話說這是支付給他的代價。然而妳卻催他趕快吃是怎樣？至少用餐的時候讓人家慢慢吃吧。」

「我知道了啦，真是的……可是，我還是很想知道吃起來是什麼感覺……」

說著，以期待的眼神不斷偷瞄我的是魔法師——惠兒。

……沒錯，她叫惠兒。

我一邊忍耐各種想吐嘈的心情，一邊拿起叉子把香脆炸蟾蜍舌送進嘴裡……

「又香又脆。」

「這不是廢話嗎！吶，你說得一副好像是這裡的常客的樣子對吧？你剛才還說這個也很好吃對吧！」

惠兒好像不太滿意我的感想，動不動就找我麻煩。

因為去真的常去的店可能會有人隨口叫我和真先生，所以我才走進第一次來的店然後像這樣假裝自己是常客……

「對了，惠……兒小姐對吧。那個，妳的名字很特別呢。」

「你是怎樣，叫我的名字為什麼中間要頓一下。不過確實是這樣，經常有人問我的名字。至於為什麼會叫這個名字呢，其實……這是我的爺爺幫我取的名字，他說這個名字有著帶來恩惠的意思。」

原來如此，這個女孩並非和我一樣是日本人，而是被送來這裡的日本人的孫女嘍。

「言歸正傳，田中先生。那個名叫和真的男人，在這個鎮上的評價如何呢？」

拉克蕾絲面向大口吃著香脆蟾蜍的我，投以認真的眼神。

我默默嚼著香脆蟾蜍……

「田中先生？田、田中先生，你為何要東張西望？」

對喔，田中是在叫我。

這麼說來我好像是用了這個名字。

「你是田中先生……沒錯吧？」

「敝姓田中。」

如此回應帶著困惑的表情詢問我的阿庫婭之後，我拿起餐巾擦了擦嘴角。

「那麼，我就告訴你們吧。關於我所知道的，佐藤和真的一切。」

我娓娓道出截至今日的半生——

「——嗚、嗚……和、和真先生未免也太可憐了吧……！」

我說完的時候，惠兒已經把眼睛哭得又紅又腫。

「沒想到，他拯救了城鎮卻得被迫背起債務……而且，同樣的情況還發生過兩次……！不可原諒……！」

或許是本性相當老實吧，拉克蕾絲藏不住憤怒，用力捶了桌子。

於是我對她們兩個笑了笑，又道：

「可是就連被迫背起龐大的債務這種事情，對於偉大的他而言也不過是一些細微末節的小事。他憑著聰穎的頭腦接連創造出新商品，現在已經完全清償了債務，得到大筆財產及豪宅，今天也在這個鎮上的某個角落期盼著眾人的幸福……」

說著，我為這個稍微誇飾過但毫無虛假的故事畫下句點。

在故事漸入佳境的時候，阿庫婭便已閉上眼睛，一直祈禱著。

然後……

「這才是大丈夫啊……」

豪真重重嘆了口氣，整個人靠在椅背上仰望天花板。

怎麼說呢，如此大獲好評讓我自己都有點害臊。

「太好了……！和真先生能夠得到救贖，真是太好了……！」

不久前還流著同情的淚水的惠兒，現在眼中浮現了感動的眼淚。

真是個相當感性的女孩呢，想到剛見面時她還是對我最憤慨的一個，如果這樣能夠解開誤會就好了。

「總之就是這樣，大家都喜歡的和真先生在這個鎮上也是個大忙人。可以的話希望你們不要再給他帶來更多麻煩，讓他就這樣平安度日。」

「若是這樣那就沒辦法了。雖然我們有很多話想告訴他……不過好吧，我們明天就回去原本的城鎮好了。」

聽了我的發言，拉克蕾絲帶著苦笑對我說道。

在我因大功告成而沉浸在滿足感中時，原本仰望著天花板的豪真忽然面向我正襟危坐。

「謝謝你，田中，多虧有你才讓我聽到這麼一個好故事。我很感激。」

說完，他對我深深低下頭——

「——總之事情就是這樣，他們請我吃過飯了，所以今天的晚餐我就不吃了。妳們大家把我的份也吃掉吧。」

回到豪宅的我把剛才的事情告訴了大家之後，在我說到一半時就停止用餐的動作、聽得入神的達克妮絲一臉傻眼地看著我。

「你、你這傢伙……這麼做真的好嗎？」

「哪裡不好了，我可沒說半句假話喔。剛才我說的故事裡，妳有什麼地方要反駁的可以說說看。」

坐在椅子上的我一邊撫摸趴在我的大腿上，對眼前沒有人動的餐點興致勃勃的點仔，一邊對達克妮絲這麼回嘴。

「也罷，既然對方肯接受的話就好了吧。畢竟最近也發生了很多事。就算我再怎麼厲害也想稍微休息一下。」

「是啊。我也覺得惠……惠說的沒錯。我也想要廢一陣子。」

……

「阿克婭，妳剛才叫我的名字的時候中間是不是頓了一下？還有，叫法好像也和平常不太一樣……」

「才沒有那回事呢。先別說那種話了惠……惠，幫我拿妳那邊的醬油。」

…………………

「竟敢取笑我的名字妳好大的膽子啊，阿庫婭！我要搔妳癢搔到妳哭出來為止！」

「啊，妳這個惠兒在說什麼啊！別以為妳一個魔法師能在力氣上贏過我喔。妳最好是為叫我阿庫婭而道歉，否則我才要妳好看……！」

說著，惠兒和阿庫婭開始扭打成一團。

「妳、妳們兩個別鬧了，飯都還沒吃完啊，這樣太沒規矩了……」

唯有拉克蕾絲……我是說只有達克妮絲在困惑之餘仍如此斥責她們。

「但拉克蕾絲和達克妮絲這兩個名字，要說哪個比較像聖騎士，當然是拉克蕾絲吧。」

「啥！」

和惠惠一樣，經常因為名字被取笑的拉拉蒂娜帶著有話想說的表情加快了用餐的速度。

「啊哈哈哈哈哈哈哈！惠兒、惠惠！我知道了！我說抱歉就是了快住手！快住手！」

「才剛說妳又叫了一次惠兒！我要一直搔到妳哭出來為止！」

我一邊聽著如此歡樂的笑聲……

一邊感謝自己的幸運讓我能夠事先防範種種麻煩——

3

「嘎啊啊啊啊啊啊啊啊啊啊啊啊啊啊啊啊啊！佐藤和真！快點給我滾出來，和我決鬥吧混帳啊啊啊啊啊啊啊啊啊啊啊！」

隔天早上。

我被豪宅門口傳來的大嗓門吵醒。

「欸，和真，好像有個怪人在門口大呼小叫的耶！你是不是又闖了什麼禍啊？如果你做錯了事，我陪你一起說對不起就是了，快點啦，趕快來門口道歉！」

才剛聽見那個大嗓門，阿克婭便立刻衝進我的房間這麼說。

「為什麼前提是我闖了禍啊，要論闖禍機率妳才是無人能及吧……不對，等等喔？」

我從床上起身，豎耳傾聽。

「佐藤和真————！混帳東西，竟然敢耍我！說什麼敝姓田中啊，我要宰了你！」

聽見的是一個似曾相識的聲音。

「喂，怎麼辦，這就是那個啊，我昨天說過的，我們的山寨版的聲音。」

「你是說就是因為他們，所以昨天害我被惠惠弄哭嗎？」

難不成是他們信不過我的片面之詞，又跑去到處問其他人關於我的傳聞嗎？

無論如何，繼續讓他們在家門口這樣吼叫也很麻煩，

「喂，阿克婭，達克妮絲和惠惠在幹嘛？」

「她們兩個在玄關爭吵。正確地說，是達克妮絲在安撫想衝出去的惠惠就是了。」

聽她這麼說，我連睡衣都沒換，直接下樓去。

「快放開我達克妮絲！現在在這扇門外面的人，就是昨天製造出我被阿克婭取笑的原因的那些傢伙！」

「對方只是名字有點像而已，並沒有對惠惠怎樣吧！我可不能坐視妳在我的眼前無故找別人吵架！」

如同阿克婭所說，達克妮絲正在壓制惠惠。

「啊，和真！昨天和真說的那些人來了，就在外面！他們從剛才開始就又敲門又叫我們

冒牌貨的鬧個沒完……！」

「妳先冷靜一點，惠惠。我現在就立刻處理掉那個傢伙。」

如果和昨天一樣只有我一個也就算了，現在不但有同伴，還是在自己家。

我大大方方地打開大門，對著高高舉起拳頭正準備用力捶在門上的豪真放話。

「我現在就去叫警察。罪狀是毀損財物和恐嚇。我告訴你，這個城鎮的檢察官超凶的，你最好有所覺悟喔。」

聽我這麼說，高高舉著拳頭的豪真抖了一下，同時停止動作。

「你、你這傢伙……！昨天不但騙了我們還讓我們請你吃飯，結果事情鬧大了就想靠警察是怎樣！你簡直比傳聞中的還要下流！」

在豪真面紅耳赤地如此怒罵後，他的同伴們也在他身後瞪著我，一臉有話想說的樣子。

「等一下，我不知道你們在哪裡聽到了些什麼，不過我昨天告訴你們的故事毫無虛假，也沒有騙你們喔。而且，是你們為了要讓我開口才主動說要請我吃飯的吧。」

我一邊挖耳朵一邊光著腳，大搖大擺地走到外面，這時原本默不吭聲的惠兒眉毛倒豎，對著我說：

「你、你這傢伙！竟然還敢說那種話啊，你這個大騙子！你是這麼告訴我們的對吧！

『那個劍術大師的等級超過三十又帶著魔劍。照理來說應該覺得實在不敵對方，在那個當下把同伴交出去才是聰明的做法吧。可是他不一樣。即使自己是等級屈指可數的菜鳥，裝備又只有一把便宜的短劍；即使職業是最弱的職業，他也覺得，自己絕對無法背叛同伴』對吧！可是我們問了個詳細，才知道那個拿魔劍的男人是想救出被關在籠子裡的心上人才向你挑戰，結果你用竊盜技能偷襲，偷走了他的魔劍還賣掉……！」

對於一口氣說個沒完的惠兒，我以更勝於她的快嘴表示：

「啥——！我這樣做哪裡不對了！我們接了淨化湖水的任務，然後想到讓同伴在籠子裡淨化湖水這樣一個安全又超級聰明的計畫並且付諸實行！結果那傢伙擅自把我當成壞人還找我決鬥，叫我把同伴交給他！不然妳說我該怎麼辦才對嘛，跟他打？對方是等級高我三十，握有魔劍，裝備齊全的上級職業，妳覺得裝備破爛的我應該正面挑戰他然後被打趴是吧！」

「可、可是……可是……」

或許是沒想到我會反過來凶她吧，只見惠兒臉色鐵青，不知所措。

「還有！你們昨天聽了我的說詞明明就很感動對吧！我再說一次，我說的故事毫無虛假！看待事物的方式和價值觀因人而異，所以每個人的解釋或許各有不同。可是，我真的沒說謊！但是妳這個人是怎樣，昨天明明為我哭得唏哩嘩啦的，今天卻叫我大騙子……！」

「這、這是……！不不、不是啦，那時候我確實是很感動沒錯，可是睡了一晚之後冷靜想想，我們才覺得只聽一個人的片面之詞無法得知真相……！事實上，你的說詞確實過度偏向你自己啊……」

惠兒一邊說一邊後退，我決定補她最後一刀。

「換句話說，妳明明哭得唏哩嘩啦的，心中卻還是隱約懷疑我對吧！我確實是有點加油添醋，但這是兩碼子事吧！難得我好心陪你們說了那麼多，結果你們現在這樣對待我是吧！我受傷了，我真的覺得超受傷的！」

「咦咦！我、我並沒有那個意思……」

我對一臉快要哭出來的惠兒說：

「快道歉！快點為了懷疑我而道歉！對一件事情的解讀方式因人而異，所以說詞會不同是理所當然的吧！」

「沒錯，快道歉！快點為了懷疑和真先生這件事好好道歉！雖然我覺得這次的確是和真先生不對！可是，我也不知道為什麼反正快道歉！」

「順便為了妳的名字向我道歉好了！都是因為妳害我受到非常嚴重的池魚之殃！」

「對、對不……」

不知為何，就連阿克婭和惠惠也這般附和我，眼看惠兒就要輸給我們的氣勢進而道歉之際……

「等一下，混帳————！別想這樣蒙混過關，惠兒，妳也不需要道歉！妳差點就要被影響了！」

「對、對喔，說得也是！仔細想想我完全不需要道歉！而且我都聽說了！你們所有人都有某種缺陷，是一支廢柴小隊！」

大概是被豪真這麼一說才發現了吧，惠兒回過神來瞪著我們。

可惡，本來想試著兇回去看能不能憑著氣勢趕走他們的，還是不行嗎……

「真是的，你們是怎樣啊？我昨天告訴你們的事情大致上都是事實啊。雖然有些地方是加油添醋了，但我依然是個行得正的冒險者佐藤和真。我活在這個世界上既沒給別人添過麻煩，更沒理由被你們找碴抗議。你們想說的事情說完了，滿意了的話就趕快回去喔。」

我揮了揮手想噓他們走，結果豪真咬牙切齒地說：

「混帳傢伙，我們可是因為你的負面評價而蒙受其害才來到這個城鎮的啊！」

……這麼說來，剛遇見他的時候他確實是說過這種話。

這時達克妮絲從我身後開了口，試圖安撫豪真。

「你說和真的負面評價讓你們蒙受其害，到底是怎麼一回事？我叫達克妮絲。我的職業是十字騎士，所以也是侍奉神明的神職人員。因此仲裁爭執也是我的職責。至少讓我聽聽你們的說詞吧。」

說著，她對豪真他們和善地笑了一下。

「啊！妳就是拉克蕾絲的山寨版對吧！」

「山、山寨版！」

在被說成山寨版的達克妮絲不禁大受打擊的時候。

「而且，就連職業是十字騎士之類的台詞也和拉克蕾絲小姐撞台詞了，這肯定是故意的吧……！」

「還有髮色和眼睛的顏色也很像。有達克妮絲這麼一個彷彿暗黑騎士的名字，居然還敢說自己是十字騎士啊……」

豪真一行人的無情中傷使得達克妮絲原地蹲下縮成一團。

「達克妮絲，振作點！沒事的，我一開始遇見妳的時候確實也覺得達克妮絲這個名字聽起來帶點闇屬性，但達克妮絲這個名字聽慣了之後就很帥氣啊！而且妳真正的名字那麼可愛，不需要這麼沮喪喔，達克妮絲！」

「被他們這麼一說，我也覺得自己的名字很有山寨感……闇騎士……黑暗……呵呵，吶，惠惠，妳覺得我的名字如何？達克妮絲這個名字惠惠覺得……」

「我覺得很帥氣啊……妳是怎麼了，為什麼要哭啊！妳這樣我無法接受！」

怎麼會這樣，才一個名字就搞得我方陣營悽慘無比。

就在這個時候。

「真是的……突然出現在我們面前，因為名字有點像就來找我們麻煩，我們是招誰惹誰了啊。身為紅魔族，有人找架吵我是很樂意奉陪……只是吾之魔法的威力過於強大，因此即使我手下留情，你們大概也完全沒有存活的可能性。所以……」

眼睛紅得發亮，站上前去護著哭哭啼啼的達克妮絲的惠惠。

對著聽到手下留情只當成是在說笑而嗤之以鼻的豪真。

沒錯，平常要動手的時候比誰都快的那個惠惠……

「既然是冒險者就該有冒險者的樣子。你們就在這個城鎮打出名聲，讓大家都說我們才是你們的山寨版不就好了嗎？」

我們當中名字最有山寨味的惠惠……

對著一臉狐疑的豪真一行人如此提議——

——在豪真一行人離開豪宅之後。

我露出胸有成竹的笑容，對惠惠耳語。

「真有妳的啊，惠惠，不愧是我們當中負責動腦的人，好個詭計。」

聽我這麼說，惠惠同樣奸笑了一下。

「不愧是和真，這麼快就想通我的提議會帶來怎樣的效果了啊。沒錯，這個城鎮是我們的主場，阿克塞爾。那種外地人無論多努力，充其量也不過是初來乍到的土包子。那種傢伙和長久以來一直在這個城鎮打拚的我們，哪邊會被說成山寨版，這種事情自然是不用想也知道吧？」

不愧是高智商的紅魔族。

看來，這傢伙真的不只是一般的爆裂狂呢。

我原本還以為她的腦袋裡全部塞滿了和爆裂魔法有關的事情，看來偶爾也是會正常運作的呢。

「再加上現在的季節正好是冬天。別說什麼打出名聲了，這個季節只有強大的怪物在活動。我們只要在豪宅裡面取暖打混就好了。我不知道那些傢伙的功夫有多了得，不過，他們面對冬天的怪物究竟能夠拚到什麼程度呢……？」

我和惠惠面對彼此互看了一眼，發出陰陽怪氣的笑聲。

「吶，你們兩個。你們這樣搞得我有種待在山寨版陣營裏頭的感覺耶。」

如此這般。
在我們窩在豪宅裡過著吃喝玩樂、自甘墮落的生活時，時間已過了兩週。
「耶~完成。妳們看，這是我閒得發慌用鍛冶技能做出來的銀製箭簇。對付惡魔和不死怪物、狼人系的敵人很管用喔。這樣『和真先生的家庭代工系列』又多一個品項了。」
我善加利用暖爐的火，並且使用技能製造出箭簇。
在一旁看著這樣的我的阿克婭表示：
「你的手腳還是這麼靈巧呢。可是，那個東西你究竟要用在哪裡啊？狩獵惡魔或不死怪物我是非常贊成啦，要不要去維茲的店裡試試？」
「不是，妳到底想找誰試射啊？目前完成的還只有一支，這支我要好好留起來。」
我與高采烈地將箭簇收進箭筒裡，這時在沙發上伸懶腰的阿克婭說：
「吶，和真。好閒喔，我偶爾也想去一下公會。」
「……說得也是。最近這一陣子的外出頂多就是陪惠惠去搞她的例行公事和買東西而已。偶爾去鬧一下大家也好。」
過了中午還在家裡耍懶的我和阿克婭，邀了惠惠和達克妮絲一起前往冒險者公會。
然而，就在我打開公會大門時。
「果然厲害呢，走藤豪真先生！我都數不清你已經討伐多少一擊熊了！多虧有你，附近的農家們也全都可以放心過冬了吧！」

「幹得好啊！讓我請你喝一杯吧，豪真！」

「惠兒，聽說最後一擊是妳的魔法對吧！拜託一下，改天陪我們去練等可以嗎？到時候我們會答謝妳的！」

「拉克蕾絲小姐，剛才謝謝妳在危急時刻出手相救！請讓我好好答謝妳吧！」

從裡面爆出的歡呼聲浪太強，讓我差點站不住腳。

應該說，豪真？惠兒？拉克蕾絲？

「啊！你這傢伙終於出現了啊！」

正當我們因為許久沒來的公會裡面完全變了樣而陷入混亂的時候，站在冒險者們中心的男人一見到我就對我這麼說。

那個男人長得一臉凶神惡煞的樣子，卻又感覺沒那麼惹人厭……

「我想起來了！對喔，確實是這樣！我們好像在比什麼輸贏對吧！」

「開什麼玩笑啊，明明是你們提議的結果自己忘掉了是怎樣啊啊啊啊！」

對喔，我們確實是慫恿他們好好表現來證明我們才是山寨版。

然而也不知道是怎麼了，公會明明應該是我們的主場，裡面卻充滿了對他們的讚揚。

「喂，惠惠，出乎意料的事情發生了。他們好像表現得比我們原以為的還活躍呢。照這個氣勢看來搞不好我們真的會被說成山寨版。」

「怎、怎麼辦啊，現在請他們改比別的還來得及嗎？比桌遊的話我應該不會輸……」

在我和惠惠交頭接耳時，豪真往我們這邊走過來。

「喂，怎樣啊，山寨版？這樣已經證明我們才是這個鎮上最好的冒險者小隊了吧？」

「等等，在我們的充電期間像闖空門一樣把我們的好評全偷走，你們不覺得丟臉嗎？」

「你才給我等一下，明明是你們提議的吧！」

可惡，惠惠的山寨版好像也是出乎意料的聰明，看來這次不會被牽著鼻子走了。

「所以，你要認輸了嗎？現在我們才是這個城鎮最具代表性的小隊。最近已經連和真的和字都沒人提了喔？」

豪真像是勝券在握似的露出驕傲的笑容……

「可惡，你們這些沒情沒義的傢伙！你們知不知道我請你們吃吃喝喝的花了多少錢啊，居然不會多挺我一下！」

「你這傢伙在說什麼啊，還不是因為最近這一陣子你完全沒來這裡露臉！」

「我的確是被你請過幾次沒錯，但被你們家阿克婭小姐凹請客的次數也差不了多少所以早就抵銷了！我不知道你們在比什麼，不過想要我挺你的話，先請我喝一杯再說！」

這些傢伙完全不行嘛，還說什麼主場咧，根本一點都靠不住！

這時，拉克蕾絲迅速站到咬牙切齒的我面前。

「夠了吧，少年。我們一開始來到這個城鎮的目的，一方面是為了向你抗議，另一方面其實還有別的事情。我想，這樣應該已經讓你了解到我們比你們強了才對。這次輪到你們接受我們的要求……」

就在她對我說到這裡的時候。

「快來人啊！有沒有祭司！阿庫婭小姐！阿庫婭小姐在嗎！」

一名女冒險者撐著一個渾身是血的男人進到公會裡面來。

「阿克婭小姐在這裡喔？」

待在公會入口的阿克婭見狀便這麼對她說：

「阿庫婭小……！什麼嘛，是阿克婭小姐啊……」

「快道歉！看見我居然那麼失望，快道歉！妳不是想找人治療那個人嗎！我的恢復魔法是無人能及的世界第一妳知不知道啊！」

豪真一行人連忙衝向那兩個闖進來的人，觀察狀況。

「這、這是……」

大概是一眼就看出傷有多深了吧，豪真無言以對，只能搖頭。

阿庫婭連忙推開抓著女冒險者用力搖晃的阿克婭，抱著傷患。

「……是被白狼傷的吧。很遺憾的，傷得這麼重的話……」

說著，她心痛地閉上眼睛，為了盡可能減緩疼痛而施展恢復魔法——

「『Sacred highness heal』！」

在阿庫婭詠唱魔法之前，一陣微弱的光芒已經籠罩住傷患的身體。

「「「啥！」」」

同時傷口迅速復原，讓豪真一行人看得說不出話來。

「妳看吧，阿克婭小姐也是可以確實治癒傷患的！快道歉！居然敢忽視我的存在還想拜託新來的人幫忙恢復，快向我道歉！」

「謝、謝謝妳，阿克婭小姐，我知道了，我真的知道了！改天再請妳喝酒答謝這次的恢復魔法就是了！」

女冒險者隨便道了謝，更讓豪真一行人驚訝得瞪大了眼睛。

「真的？不可以只有酒喔，也別忘了下酒菜喔。和真先生說他吃了香脆炸蟾蜍，我也有點興趣，所以下酒菜就決定是那個了。」

「我知道了啦，但是不可以喝太多喔。我也沒什麼錢。」

阿克婭也隨便這麼回應，不知為何讓阿庫婭一陣暈眩。

話說回來，白狼是吧。

那是眾所周知只在冬季活動的肉食獸，我不覺得這裡的膽小冒險者會那麼隨便接近那種危險的怪物……

「嗚、喂，和真。說要答謝恢復魔法卻只請她喝酒，你們是認真的嗎？而且我好像還聽到什麼『highness』、什麼『sacred』之類的字眼……」

就在豪真對我如此低語的時候。

那個傷勢痊癒、恢復意識的男人環顧四周。

「這裡是……？咦，傷勢已經痊癒了……等等，阿庫婭小姐？是阿庫婭小姐為我治好的嗎！」

看見阿庫婭抱著自己，男子紅著臉大聲說道。

「你以為是阿庫婭小姐嗎？太可惜了，治好你的是阿克婭小姐的恢復魔法喔！」

「混帳東西，居然毀了我難得的好心情！」

被破哏的男子如此抱怨，讓阿克婭立刻勒住他的脖子。

而在他們身邊的阿庫婭一臉被徹底擊潰的樣子，好像有話想說又有些茫然……

「不對，現在不是時候！喂，阿克婭夠了，等一下妳想怎麼勒那傢伙的脖子都無所謂，現在要先問出了什麼事！吶，你們兩個膽小鬼怎麼會被白狼那種東西攻擊啊？你們弱歸弱，但總該聰明到不會接近牠們棲息的區域吧？」

「你也好不到哪裡去吧，要不是你們治好了我的傷，我早就先爆打你們一頓了。事情是這樣的……有一群白狼接近了城鎮，近到平常難以想像的地步。」

聽他這麼說，附近的冒險者們都面面相覷。

5

「這個世界，有所謂的生態系。」

阿克塞爾外面的廣大平原上的積雪反射著日光，十分刺眼。

我和豪真離開仍一片混亂的公會，帶著各自的隊友，像這樣來到城鎮外面。

「白狼原本是會在冬天和一擊熊彼此爭鬥的怪物。一對一的話是一擊熊比較有利，但面對狼群的話就不見得了。一整年都能活動的一擊熊到了獵物稀少的冬天就會和白狼交戰，削減過度增加的狼群。如此一來，這一代的生態系才能夠取得平衡。」

我自言自語般地說著，讓走在一旁的豪真垂頭喪氣。

「所以，你們到了冬天才會窩在豪宅裡啊……然而，我們卻……」

關於一擊熊和白狼的關係，我只是想到什麼就隨便亂說而已，卻讓豪真格外沮喪。

怎麼辦，事到如今我也不敢說「抱歉我只是隨便說說的」了啊。

「的確，白狼平常確實是不會來到這麼接近人住的地方。事情恐怕真的是和真說的那樣吧……雖然我覺得和真比較像在隨便亂說話，不懷好意地用言詞攻擊豪真先生就是了……」

惠惠在贊同我之餘，也輕聲做了不必要的補充。

「話說回來……吶，再怎麼說，數量也太多了吧！還是盡可能召集鎮上的冒險者，採取人海戰術吧！你們想想，有阿克婭小姐的恢復魔法應該也不會有人死才對！」

白狼群佇立在遠離我們的前方，隔著一段距離觀察著我們。

惠兒指著牠們大喊。

然而……

「放心，那種大小的話應該沒問題吧。對吧，惠惠？」
「輕輕鬆鬆。全部轟完還綽綽有餘吧。」
聽我們輕描淡寫地這麼說，豪真他們愣了一下。
「等、等一下！我不知道你們想用怎樣的魔法，但要對付的數量那麼多，總會有幾隻衝過火線，攻擊後排的魔法師才對。這裡由我和豪真爭取時間……」
說著，拉克蕾絲拿出背上的盾牌擺出架勢。
「不，姑且不論白狼的攻擊，您抵擋不了惠惠的魔法。考慮到事有萬一的情況，應該由我一個人上前才是。」
說著，達克妮絲打斷了她，站上前去。
「喂，這樣好嗎，和真？你的隊友那麼說啊……」
或許是放心不下吧，豪真這麼對我說。
不過……
「我們的十字騎士很硬的。不僅魔王軍幹部的攻擊，甚至就連爆裂魔法都抵擋得了。如果那個傢伙說抵擋不了的話，其他任何人也都抵擋不了了吧。」
我為了讓豪真放心而如此回應，但豪真聽了只是吞了一口口水，不知為何表情顯得更為緊張了。

「反正，萬一出事情的話，本小姐的復活魔法三兩下就可以把人帶回來了，所以你們放心吧。」

「「「復活……！」」」

聽阿克婭隨口這麼說，豪真他們已經不知道吃了第幾次驚了。

望著他們的反應，我才發現不知不覺間，豪真他們對我投以期待的眼神。

「……咦，怎、怎樣？」

他們為什麼要那麼用力盯著我看啊？

是怎樣，他們在期待我也會幹出什麼超厲害的事情嗎？

不好意思，我會的事情頂多就只有竊盜技能，其他什麼華麗的招數都沒有。

而且白狼比一般的怪物都還要強，除非能夠針對弱點……

「和真，那好像是狼群的頭目。有一隻狼比其他的都還大隻。」

聽達克妮絲這麼說，我赫然回神，用千里眼技能確認狼群。

「原來如此，確實比別隻都大上一號。身邊還帶了好幾隻看似雌獸的白狼。那傢伙肯定是頭目沒錯。」

聽我和達克妮絲如此對話，豪真輕聲說了。

「……原來如此，是千里眼技能啊。」

聽著這道聲音從背後傳來的同時，我思索著有沒有辦法對付那隻頭目……
這時，我想起一樣東西，從箭筒裡抽出一支箭。
身為神職人員的阿庫婭看見那隻箭，似乎察覺到是什麼東西，輕聲說道：
「銀製的箭……」
聽她這麼說，豪真懊悔地皺起眉頭。
「……所以說，你一開始就預料到我們會得意忘形，引發這種事態嗎……」
並且搞出這種莫名其妙的誤會。
「……這種東西，能夠派不上用場當然是最好了……」
得意忘形的我順水推舟地說，豪真他們看著我的眼神中便多了尊敬之意。
「吶，和真先生。你之前說是為了打發閒暇時間才做了那個東西對吧？」
「阿克婭，這件事情結束後回程我會買壽喜燒的材料所以妳現在先安靜。」
讓對我耳語的阿克婭閉嘴之後，我張弓搭箭。
或許是看了認為我們採取了敵對行動的緣故吧，白狼群同時攻向我們。
「惠惠，開始詠唱魔法！我會狙擊頭目，如果這樣還沒讓牠們撤退，就交給妳施展魔法！達克妮絲用誘敵技能吸引狼群，讓牠們聚集在一起！」
「很好！最近這一陣子都沒對怪物出招，就讓我將這股鬱悶之氣發洩在牠們身上吧！等著見識吾之終極奧義．爆裂魔法吧！」

「我絕對不會讓白狼去到身後！所以妳放心施展魔法，不用顧慮我！」

對著遵照我的指示開始詠唱魔法的惠惠，投以難以置信的眼神的同時——

「不、不、不可能吧？爆裂魔法……」

額頭上冒出冷汗的惠兒一點一點往後退。

「仔細想想，在我們上門找架吵的時候，魔法師小妹妹是這麼說的。『即使我手下留情你們大概也完全沒有存活的可能性』。看來那句話說的也是真的啊……」

豪真則是望著遠方如此喃喃自語。

「和真，我幫你施展了一堆支援魔法！好了，儘管出招吧！」

「我的幸運值在全世界也是頂尖水準，那個傢伙就包在我身上！」

接受阿克婭的支援之後，我使用狙擊射出銀箭。

銀箭不偏不倚地貫穿白狼頭目的眉心，一招葬送牠。

如果是普通箭簇即使射中了也不會有這麼強的威力吧，天曉得會有什麼東西派得上用場，今後我也要有效活用鍛冶技能。

這大概也是我與生俱來的幸運的功勞吧。

「那些傢伙還不解散！往這邊……不對，他們往十字騎士小姐那邊過去了！」

在我沉浸在感慨當中時，豪真急切地這麼大喊。
在此同時，惠惠瞄了我一眼。
我總是在她身旁聽著爆裂魔法。
詠唱已經完成這種事情我早就知道了。
「惠惠，動手。」
我不慌不忙地做出指示，惠惠便氣勢如虹地發出魔法。
「『Explosion』——————！」
將平原上的積雪瞬間蒸發的同時，爆裂魔法的衝擊波吹襲著附近一帶——

6

「我們有眼不識泰山！」

豪真一行人對著打倒白狼群的我們低頭道歉。

「別、別這樣，你們明白了就好。不過，今後可別太小看我們了喔！」

儘管因為他們的態度突然大變而不知所措，我還是稍微得意忘形了一下。

「真是的！都是因為你們，害得我的阿克塞爾的恢復專家這個名號差點被搶走了，快向我道歉！這可是我在公會得到的別名耶。不准搶我的工作！」

同樣得意忘形的阿克婭立刻抗議，不過我聽說妳的那個別名是大家為了方便吹捧妳、拐妳施展恢復魔法才取的耶……

這時，達克妮絲推開這樣的我們，對他們投以微笑，試圖打圓場。

「話雖如此，各位也是為了這個城鎮好才出了那麼多討伐任務。這件事本身是值得自豪的事情。今後……」

「沒什麼，有我們出馬，這種程度只是小菜一碟！比起魔王軍幹部，簡直輕鬆愉快！」

達克妮絲出言緩頰的舉動被依然躺在地上的惠惠給破壞了。

就在這時。

「呼……！噗哈、哈、哈、哈哈哈哈！」

聽了這些，豪真突然捧腹大笑。

「你們太了不起了。關於和真先生的負面傳聞，恐怕是有人嫉妒你的活躍表現才那麼誹謗中傷吧。聽信那種謠言，還特地跑過來抱怨的我真是太丟臉了。真的很抱歉。」

「好、好說。沒關係啦。」

對於豪真如此直率的態度，我好不容易才能虛張聲勢來應對。

「真的很抱歉。或許看不出來，其實我們也是頗為出名的小隊。一開始聽見你們的傳聞的時候，我們還以為是冒充我們的名字想要揩油的冒牌貨還是什麼的。後來，傳過來的謠言越來越誇張……」

「是啊。最後，還冒出了讓我們無法聽過就算了的事情。」

聽惠兒和拉克蕾絲這麼說，我忽然有點好奇便試著反問：

「無法聽過就算了的事情？」

豪真點頭回應。

「魔王軍幹部——漢斯。那傢伙以前幹掉了我們的一個隊友。我為了替他報仇雪恨，才一直旅行遊歷，持續鍛鍊。」

然後說出這種像是故事主角的過去。

啊啊，原來如此。

一開始遇見豪真的時候，他確實這麼說過。

「我是為了這個才想來向他抗議一下……不過，還有另外一個目的就是了……」

他所謂的另外一個目的，恐怕就是……

「和真先生。謝謝你替我的同伴報仇。我很感謝你。這件事我無論如何都想告訴你。」

說著，豪真深深地一鞠躬。

……糟糕，怎麼辦？

總覺得，旅行遊歷的目的也好，從剛才開始我們表現出來的小咖感也好，都讓我覺得這些傢伙反而還比較像故事的主角。

「……妳們旅行的目的也和他一樣嗎？」

短暫擺出祈禱的姿勢之後，達克妮絲和善地問了。

沒錯，我們的小隊最後的良心就是妳了。

加油吧，達克妮絲，其實我也覺得妳的名字很像暗黑騎士但我願意為這個想法道歉！

「不，我……其實，我是被魔王軍消滅的領地的守護騎士的倖存者。復興家業以及為同伴和領民報仇——這才是我的目的。」

「辛、辛苦您了……」

聽見拉克蕾絲的過去，達克妮絲也不禁用起敬語。

不行，論對方背負的過去也比較有女主角感。

大概是覺得接下來應該輪到自己了吧，惠兒露出傷腦筋的表情說：

「至於我嘛，其實我那個名字很怪的爺爺原本是個很厲害的魔法師，我繼承了爺爺的遺志……」

「好，我覺得妳不用再說下去了！」

然後再加上一個法力高強的魔法師的子孫是怎樣，設定需要那麼充實嗎！

「——好了。我們真的給你添了很多麻煩。很抱歉。」

豪真他們說不打算回公會，要直接踏上旅程。

目送著這樣的他們，我們帶著某種輸給了他們的心情，露出不自然的笑容。

「沒關係，這不算什麼。人只要出了名，多少都會跟著冒出負面評價。你們旅行到別的地方聽到那種謠言要幫我們訂正喔。」

聽我這麼說，豪真他們一臉認真地點頭。

不，你們不需要那麼看重我說的話。

「你是我們的恩人，我無法原諒有人說你的壞話。今後如果發現有人在散播你的負面傳聞，我就會修理他。畢竟，傳到我們這邊的事情都非常誇張。」

聽豪真這麼說。

「比方說是怎樣？」

便忍不住如此反問的我真是個蠢材。

豪真沉思了一陣子後……

「……這個嘛。我聽到的，是用繩子把同伴綁起來用馬車拖行的傳聞，怎麼可能有這種事情嘛。」

別說了。

「我聽說的是你硬脫年紀還小的女性隊友的內褲。照理來想這根本不可能嘛。對方是你的隊友，而且還是年紀很小的女生耶……」

真的別說了。

「真要說的話，幾位隊友的負面傳聞也非常誇張呢。說什麼為了好玩而破壞城鎮附近的大自然，最誇張的是說弄到阿爾坎雷堤亞的溫泉失去作用……對了，還有人說『拉克蕾絲小姐是超級受虐狂對吧？我可以辱罵妳嗎？』這種莫名其妙的話想搭訕我呢。我當然是狠狠地教訓他一頓了，不過那到底是怎麼回事啊……」

拜託真的別說了。

「可是，我們相信，你們一定沒有做過那些事情！」

說著，阿庫婭露出天真無邪的笑容——

——在這之後，我們跪下來向他們四位道歉。

阿克塞爾的問題兒童們

事情發生在我和阿克婭一起吃過稍晚的早餐，喝著飯後茶的時候。

『各位冒險者請注意，這是業務聯絡。請到冒險者公會集合。重複一次。各位冒險者，請到冒險者公會集合。』

冒險者公會的廣播也傳進了豪宅裡面。

反正一定又有什麼麻煩的事情，才會像這樣召集人馬。

我和同樣喝著茶的阿克婭不禁互看了彼此一眼。

「……要去嗎？」

「……才剛吃飽飯，我想就這樣偷閒一下。」

嗯，我的心情也完全一樣。

「當作沒聽到好了。冒險者又不是只有我們。」

「就這麼辦吧。這個城鎮除了我們以外也有其他優秀的冒險者。而且，每次都只有我們占走功勞好像也不太對。」

阿克婭說的也沒錯。

我們打倒的都是重量級的懸賞對象，如今這麼出名了，差不多有人開始嫉妒我們也不足為奇。

我們也需要休息，這次就讓給其他冒險者們好了。

我喝完茶後，躺在沙發上……

『重複一次。各位冒險者，請到冒險者公會集合……尤其是佐藤和真先生的小隊，請務必到場。重複一次……』

……我和阿克婭再次互看了一眼，對著彼此聳起肩來搖了搖頭——

——我們剛打開冒險者公會的大門，職員和冒險者的視線都集中了過來。

「……喂喂，你們就那麼期待我們的到來嗎？真是的，真拿你們沒辦法。所以，這次又是怎樣的麻煩落到我們頭上啦？」

或許是感覺到我散發出來的大人物風範了吧，冒險者們空出一條路，方便我走上前去。

我不客氣地站到冒險者們前面去，發現惠惠和達克妮絲已經在那裡了。

「哎呀，妳們倆已經來了啊。既然我們四個人像這樣湊在一起了，就已經沒有什麼好怕的了吧。櫃檯小姐也別一臉凝重了，儘管放心吧。」

聽我們這麼說，櫃檯小姐來到前方。

「我們已經恭候多時了，佐藤先生。要說是麻煩確實也是麻煩。關於這件事，接下來我會慢慢說明清楚。」

櫃檯小姐這麼說的同時，不知為何臉上有著明顯的不安。

我們都已經來了卻還是這個表情，莫非要對付的是非常不得了的重量級敵人嗎？

「我們為什麼會被叫來這裡這種事我早就知道了。對方是魔王軍幹部嗎？還是必須用爆裂魔法對付的巨大怪物之類的？」

聽惠惠帶著充滿自信的跩臉這麼問，達克妮絲也帶著某種氣定神閒的態度刻意安撫她。

「呵呵，惠惠，先別那麼激動。雖然我們已經成長到會像這樣被公會指名叫過來了，還是得先聽過要對付的是什麼再說……對吧，和真？」

對於達克妮絲冷靜的話語，我點點頭表示同意。

「確實如此。我們至今狩獵了那麼多重量級的目標，總得先知道對手配不配得上……」

「對手是冒險者公會的高層。」

櫃檯小姐開了口，打斷我的話。

「……妳說冒險者公會的高層，就是王都那邊的高官之類的嗎？換句話說，我們的評價已經高成這樣了嗎？」

面對這出乎意料的發展，我不禁恢復正常地問道。

「我也不知道目的是什麼，總之明天，冒險者公會的高層會前來視察阿克塞爾的冒險者。如果公會高層的長官認為誰不配當冒險者，就可以剝奪冒險者的資格……因此，我們打算事先叮嚀某些素行不良，或是經常惹出問題來的冒險者……」

櫃檯小姐這麼說完，輕輕地搖了搖頭……

「喂，妳少胡說喔，也就是說，公會指名道姓叫我們來這裡是因為我們是素行不良又會惹事的冒險者嗎！……說得也是，我也這麼覺得，真的很不好意思。」

「欸，和真，你幹嘛道歉啊！這樣搞得好像在承認我們是問題冒險者似的……我也這麼覺得，真的很不好意思。」

見我和阿克婭因為櫃檯小姐默默散發的壓力而屈服以後，惠惠露出苦笑對我們說。

「真的學乖了的話，你們倆就稍微改善一下生活態度吧。先從每天早起開始好了。」

「是啊，和真最好也把半夜晃出門後在外面過夜的壞習慣改掉。」

她們倆這種教導我們的語氣讓我不禁懷疑她們的腦袋是否正常。

「妳們兩個幹嘛一副事不關己的樣子啊，我都驚呆了！公會叫過來的是佐藤和真先生的小隊，所以妳們當然也在問題兒童名單當中啊！」

「請、請等一下，身為冷靜沉著的魔法師，我自認是這個小隊裡最有常識的了好嗎！」

「我我、我只是因為以貴族之女的身分成長，所以對社會的常識比較生疏罷了……！」

沒理會不知想表達什麼的爆裂狂和受虐狂，我對櫃檯小姐點了點頭，表示完全理解了。

「那麼，我只要和這三個人一起窩在豪宅裡就好了吧？走吧，為了能一直窩在家裡，我們現在就去買吃的東西。最重要的就是娛樂用品了，為了避免任何撞見長官的情況發生，我們一個月都不可以離開家裡。」

「吶，和真，要我那麼久都不能離開家，再怎麼說我也有點不願意耶。」

「應該說，必須窩在家裡的話，我每天的例行公事該怎麼辦啊？不然乾脆大家一起踏上冒險之旅直到長官回去好了。」

聽我們這麼說，櫃檯小姐表示：

「各位就『只有』知名度特別高，所以各位不在的話難保高層不會再次前來視察。當然我們也不會放各位逃去任何地方……我的要求不難，各位只要好自為之就好了。只要進行普通的冒險就行了！」

……自己說這種話好像不太對，不過要我們進行普通的冒險也太困難了吧——

——隔天。

大家聚在冒險者公會的時候，才發現長官要來視察的消息已經傳開了，這個鎮上的冒險者們都把心力用在奇怪的地方上。

「吶，和真，你看這個。這是阿克西斯教團的大祭司穿的神官服喔。如何？我的神聖度是不是變高了啊？」

「看起來有點蠢。」

我對戴了一頂過度往上延伸的帽子，穿著土裡土氣的長袍的阿克婭這麼說。

打扮得特別奇怪的不只阿克婭。

惠惠乍看之下和平常沒什麼兩樣，但也不知道是有什麼目的，平常就會在一邊腳上纏繃帶的她今天多纏了一些，增加的厚度讓她很難走路。

還有……

「妳今天的打扮也太浮誇了吧？是怎樣，因為有長官要來，所以妳也打算散發貴族光環和人家對抗嗎？」

眼前的達克妮絲穿的是比平常還要閃閃發亮，完全走暴發戶風格的鎧甲。

披著黑底加上金邊刺繡的披風，帶著一把看起來非常鋒利的大劍，從這樣的外型看來，一點都感覺不出她平常毫無用處的廢柴樣。

「……回到家裡後，我自然地冷靜思考了一下。有辦法剝奪引發問題的冒險者的資格的職員特地來這裡一趟，到底是為了什麼理由。雖然不太想這麼說，不過總覺得我們的小隊……平常表現得並不理想，或是經常引發問題的成員有點多。」

「還說什麼有點多啊，分明是只有這種人吧。」

達克妮絲因我的吐嘈而一時語塞，但立刻正色收斂起表情。

「大家之前那麼照顧我。我是專司防禦的職業，所以平常沒辦法有什麼起眼的表現……但保護大家是我的工作。為了完成工作，即使要我動用權力也在所不辭！」

「說得好像很帥氣似的，不過妳也是問題兒童之一喔。妳可不要在長官的眼前衝進成群的怪物當中喔。」

應該說櫃檯小姐說的好自為之，我覺得不是在說穿著打扮的問題，而是在驅除怪物方面表現得比平常更積極，還有不要做多餘的蠢事、不要爆裂、不要衝進一群敵人裡面等諸如此類的事情吧。

「吶，和真，我猜那個大概就是長官了吧。櫃檯小姐比平常還要強調自己的胸口。」

聽阿克婭這麼一提，我看了過去，發現櫃檯小姐在櫃檯裡和一個身穿西裝的男人講話。

「那個櫃檯小姐一直都很強調自己的胸口好嗎，那可是阿克塞爾的冒險者們的一大療癒點呢……不過的確，從打扮看來正在和櫃檯小姐談話的那個人確實很像長官。」

穿西裝戴眼鏡的那個人，是在阿克塞爾待了好一陣子的我也沒見過的生面孔。

看來他果然是來視察問題兒童的，眼鏡底下的眼神十分銳利，監視著一切。

兩個和我很熟的冒險者見狀來到我身邊，偷偷在我耳邊說：

「喂，和真，那個職員看我們也看得太用力了吧。害我明明沒做壞事卻覺得很不自在。」

那個傢伙要怎樣才會滿意啊？」

「是啊，拜託你了，和真。你平常最會動歪腦筋了，幫大家想想辦法吧。」

「真是的，你們永遠只會在這種時候依賴我……你剛才說我動的是歪腦筋嗎？」

即使立刻吐嘈也被他們別過頭後，我再次觀察了一下眼鏡男。

「你們看看那副看起來就很神經質的眼鏡，那果然是為了揪出問題兒童才被派過來的人吧。所以事到如今，完全不工作不是一個選項。話雖如此，為了表現出優秀的一面而承接高難度任務也不是個好方法。重點是為了不讓對方挑毛病，我們只要不犯錯就好……既然如此，我們能做的事就只有一件了吧？」

理解了我想說什麼以後，兩名冒險者對彼此點頭。

不會出錯又打得很習慣的常駐任務。

「「狩獵蟾蜍是吧？」」

「就是這樣。今天大家一起去狩獵蟾蜍吧。那個任務再怎麼樣都不會出包吧。」

話雖如此，在阿克塞爾這裡，狩獵蟾蜍也是正式的工作。

我不知道眼鏡職員的評分系統是什麼樣的形式，不過只要所有冒險者都承接同樣的任務，就不至於因為被認為實力不如人而被剝奪資格了吧。

而且狩獵蟾蜍的地方擠的人越多，要是我們隊上那些傢伙做出什麼奇怪的舉動應該也比較沒那麼顯眼。

「也就是說讓我們大家一起共進退，和樂融融地達成目標吧。這樣一來只要不犯錯，也就不會被吐嘈了……如何？」

然而兩人聽我這麼說，帶著不安的表情表示：

「要那麼做我們是無所謂啦……」

「可是蟾蜍不是你們的天敵嗎……」

「等一下，我們都已經打倒那麼多狠角色了，還說蟾蜍是我們的天敵這種話也太沒禮貌了吧？」

最後，兩人似乎也把這件事情告訴了其他的冒險者，於是今天公會裡的所有人都接了討伐蟾蜍的任務——

「——有了，我們的天敵。聽好了，和真。今天有長官在看，我們絕對不許失敗喔！」

在城鎮旁的平原上，正和大量蟾蜍對峙的阿克婭這麼說。

「妳為什麼就那麼喜歡插旗啊？這下我都看得到結局了。」

而且還承認蟾蜍這種最弱的怪物是天敵是想怎樣。

「反正你一定是想說我會被吃掉然後哭出來對吧？我才沒有那麼笨呢，我已經被區區的蟾蜍瞧不起太久了。今天我帶了天敵過來！」

……蟾蜍的天敵？

「妳說的該不會是妳手上那個簍子裡的蛇吧？妳想拿那麼小隻的東西對那麼巨大的蟾蜍怎樣？」

拿著簍子大大方方地站在蟾蜍面前的阿克婭對我嗤之以鼻，一副把我當笨蛋的樣子。

「少笨了，和真，這種大小的蛇怎麼可能贏得了蟾蜍嘛。不過呢，生物在本能中總有會感到害怕的對象。比方說隨便一個不死怪物遇見明豔動人的女神會怎樣？換句話說，蟾蜍看見這個也會嚇到不敢動啦！」

——沒理會連同手上的簍子一起被蟾蜍吞下肚而安靜了下來的阿克婭，我再次認真觀察四周的狀況。

既然今天有人監視，我不想做出太過醒目的行動。

所以為了避免惠惠只能出一招這件事情曝光，我對她下達了爆裂魔法禁止令，然而……

「站、站住！這裡有個看起來很好吃的十字騎士，別去那邊！……可惡，這傢伙明明是蟾蜍，身手卻意外地靈活，我砍不到……！」

「達克妮絲，快想辦法處理這個狀況！是怎樣，我對你們就那麼有吸引力嗎！魔力多到滿出來的本小姐，看起來就那麼充滿經驗值、那麼好吃嗎！」

在達克妮絲追趕著蟾蜍，而蟾蜍追趕著惠惠的狀況下，其他冒險者小隊都無驚無險地驅除著蟾蜍。

這原本就是一個只要裝備齊全就很難失敗的任務。

照這個樣子看來，除了我們的小隊以外的人應該都不用擔心被剝奪冒險者資格了吧。

……應該說，眼鏡職員從剛才開始就一直盯著我們的小隊看。

「嗚、嗚……借來的神官服被蟾蜍的黏液弄得又濕又黏的……這樣會不會叫我賠償啊……」

被我救出來的阿克婭依然乖乖抱著裝蛇的簍子。我們也差不多該好好表現一下，免得遭殃了。

……就在這時。

「這種鬧劇可以結束了。我的眼睛可不是長在臉上好看的。」

原本還一直觀察著狩獵蟾蜍的狀況的眼鏡職員以不算太大卻很有穿透力的聲音這麼說，讓四散的冒險者們停下手邊的動作。

「我來自公會高層。我知道現在的狀況和平常不一樣。」

可惡，我們的小隊的負面評價已經傳到上面去了嗎……！

我對著還在追趕蟾蜍的達克妮絲招了招手，叫她過來。

發現了我的動作後，達克妮絲似乎也察覺到是怎麼回事，便快步跑過來……

「根據來自阿克塞爾的報告，平常的你們所狩獵的應該是等級更高的怪物才對。然而，你們現在為什麼在狩獵蟾蜍？」

……哎呀？

「好了，展現一下你們的真本事吧！你們應該能狩獵更強的敵人才對！而且，現在王都公會的戰力不足，請務必讓我挖角你們過去！」

眼鏡哥以十分熱切的聲音如此大喊，和他冷靜的外貌搭不起來。

「怎、怎麼了，和真，不是輪到我出馬了嗎？」

來到我們這邊的達克妮絲握著達斯堤尼斯家的項鍊，卻聽見眼鏡哥這麼說而露出困惑的表情。

「不，我也完全搞不懂是怎麼一回事……」

這是怎樣，他不是來舉發問題兒童的嗎？

……這時，聽著這一連串轉變的冒險者們在平原上四處議論紛紛了起來。

「他說是從王都來挖人才的嗎？拚、拚了！我們展現實力給他瞧瞧！」

「如果是被挖角過去，我記得不用自己找住的地方對吧！這是個大好機會！沒有閒工夫狩獵蟾蜍了！」

冒險者們紛紛這麼說，態度也變得不一樣了。

……不對。

仔細一看，態度大變的都是只有女性隊員的小隊。

然後，這一點也適用於我的小隊成員們。

「咱們拚了，和真！被王都挖角過去的話就是菁英了，是菁英喔！我們就要成為光是在公會頤指氣使都會受人巴結的菁英冒險者的一分子了！」

「的確，如果被盡是精銳的王都挖角，大家看待我們的眼神也會不同吧……」

阿克婭和達克妮絲的說法讓我有點心動。

但是……

「不好意思，我沒興趣。我要留在這個城鎮。」

聽我這麼說，眼鏡哥瞪大了眼睛，一臉難以置信的樣子。

「為、為什麼呢？照理來說，等級提升到某種程度的冒險者，應該都會離開這個城鎮，去打更強的怪物才對。我之所以來到這裡，也是因為最近從阿克塞爾發跡的冒險者的數量變少了。以全世界來看，冒險者的人數是不夠的。你們為什麼不打算更上一層樓？身為冒險者都應該有個夢想，想要一夕致富、聲名大噪才對吧！」

眼鏡哥以熱切的聲音這麼說，但我輕輕地搖頭。

「我才不想要什麼聲名大噪。我在這個城鎮有豪宅，有許多人很照顧我……沒錯，我喜歡阿克塞爾這個城鎮。」

沒錯，這裡對我而言既是原點也是主場，新手鎮阿克塞爾。

無論等級練到多高，我都不打算離開這裡。

「說得好啊，和真，你說的沒錯！到頭來還是這個城鎮最好！」

「我也要一直留在這裡！因為這個城鎮的居民已經像是我的家人一樣了！」

大概是聽了我的肺腑之言深受感動吧，其他冒險者們也紛紛表示贊同。

至於眼鏡哥，他因為大家出乎意料的反應而呆若木雞地站在原地。

「吶，和真，你為什麼要說出那種任性的話啊？去王都過遊手好閒的生活不是比較好嗎！現在去打倒強大的怪物還來得及！」

「妳對這個城鎮就那麼沒愛嗎？做人應該過著安分守己的生活才是最好的。我不打算考慮離開這個城鎮。」

——真正的原因，是因為夢魔的店只有這個城鎮才有。

贊同我的那些冒險者恐怕也是因為同樣的理由吧。

因為那些傢伙我都見過，換句話說就是店裡的常客。

依然抱著簍子的阿克婭還在鬧脾氣，於是我以勸告的語氣對她說：

「再說，就算要打倒強大的怪物好了，哪有那種怪物會剛好……」跑出來給妳打，這幾個字還沒說出口，就在這個時候。

「蟾蜍殺手出現了——！」

離得比較遠的冒險者指著森林放聲大喊。

那是照理來說應該棲息在森林深處或湖畔的大型蛇類。

牠會定期來阿克塞爾的平原捕食繁殖過度的蟾蜍，以自然界的生態系而言處於上位，是蟾蜍的天敵。

而且巨大到足以一口吞掉蟾蜍，爬行速度卻出乎意料地快的那個傢伙，會吃的當然也不是只有蟾蜍。

以強韌的軀幹施展的纏絞攻擊，威力強大到連中堅冒險者的全身也會三兩下被絞成粉碎，這個城鎮的冒險者接受的指導都是看見這個傢伙要立刻到鎮上避難。

「太好了，妳期盼的強敵出現了呢。」

「吶，和真，你該不會是以為我剛才又插旗了吧？不是喔，我可沒有期盼那麼危險的怪物喔！」

平常我們早就逃之夭夭了，但今天有眾多冒險者在場。

而且還有眼鏡哥在看，大家都擺出迎擊的架勢。

「話說回來這也太奇怪了。蟾蜍殺手在有很多人的情況下應該會有所警戒，不會靠近才對啊……畢竟這裡棲息著一大堆蟾蜍。比起吃起來沒多少肉還會反擊的人類，明明就有更好吃的食物啊……」

達克妮絲不經意的自言自語，讓冒險者們的視線指向阿克婭。

我也不禁看了過去，看見了她手上那個不想看也會看到的簍子。

「不是喔。」

「好喔。」

這個傢伙又闖禍了。

「這個孩子啊，是我在湖裡玩水消暑的時候發現的。應該說，誰想得到這居然會是蟾蜍殺手的小孩啊？」

「喂，眼鏡哥看妳看得超用力的喔。雖然他說是來挖角的，但想剝奪資格也可以喔。說話的時候小心一點。」

在眼鏡哥的監視之下，一名女冒險者高聲說了。

「我、我也很喜歡這個城鎮，但總有一天也想在王都闖出名聲來！所以……雖然對不起大家，那隻蟾蜍殺手就由我們打倒了！」

或許是被這番言論鼓舞了吧，別的女冒險者小隊也拿起武器。

「說得對，我們也上吧！這樣或許很薄情，可是我想力爭上游！」

隱約透露出歉疚之意的這番話卻讓男冒險者們露出苦笑。

「沒關係，冒險者原本就該這樣。我們只是在這個城鎮待太久了而已。好了，妳們快去吧！然後，去王都連同我們的份一起闖出名聲來！」

「請、請等一下！這個城鎮應該有高等級的冒險者才對！我不會放棄的，我會一直待在這個城鎮，直到能夠將強大的冒險者到去王都為止──！」

受到激勵的女冒險者們帶著決心堅定的表情用力點頭，同時眼鏡哥也放聲大喊──

「『Explosion』──────────！」

不知為何渾身黏液的惠惠完全不看場合，搶走了最大的甜頭──

「──來，這是蟾蜍殺手的獎金。惠惠小姐，辛苦妳了！」

回到冒險者公會後，熟悉的櫃檯小姐如此迎接我們。

「吶，解決掉蟾蜍殺手的是我們的小隊成員，所以把蛇引過來這件事可以抵銷掉當作沒發生過對吧？」

「喂，不要讓他想起來好嗎？妳應該說『我們打倒蟾蜍殺手了，真是太好了！』然後就這樣讓那個問題不了了之。剩下的就交給打扮成貴族的達克妮絲在慶功宴上散發公爵千金光環慰勞他，他就會忘記了。」

「不、不是，我覺得再怎麼樣他也不會忘掉吧……不過話又說回來……」

一臉為難的達克妮絲話鋒一轉，看向眼鏡哥那邊。

那邊的情況——

「不、不是，我是猜測還有高等級的冒險者留在這個城鎮，所以才來挖角他們的……」

「你是怎樣，嫌我們的等級不夠高嗎！」

「快點帶我們去王都喔！這個城鎮的男人不知為何多半都是草食系！我們完全沒有男人緣，都不知道是為什麼！」

還沒死心的女冒險者們正在糾纏眼鏡哥。

這時，一名魔法師靠了過去。

那就是——

「事情我都聽說了。你是從王都來挖角人的對吧？這裡最強的人，就是連蟾蜍殺手都能夠撂倒的我。你看，我的等級也很高吧？好吧，既然王都那麼需要我的力量，我也不是不願意考慮帶著大家一起去王都——！」

眼鏡哥隔天就回去了——

後記!

ATOGAKI

作者　暁なつめ

這次推出的美好世界短篇集《繞道而行！》
非常感謝各位購買支持。

本書是將電視動畫版美好世界的第一季與第二季的
藍光及DVD的附贈特典集結成冊，
加上全新的短篇小說而成的短篇集。

由於特典小說已經累積很多因此集中編成一本書，
方便各位擺在書架上收藏，以這樣的理由粉飾用光碟特典來剝兩層皮的
黑心賣法……我胡說的，廉潔正直的編輯部完全沒有這種意圖。
畢竟光碟那麼貴，學生才看不到特典小說呢。

其實為了這次的書籍化，某個角色生了一個妹妹出來。
之所以會這樣，是因為一開始動畫第一季播映的時候，
既沒有第二季的計畫，書籍也說大概十集就要結束了，
因此才讓在網頁版小有人氣的警察局長出場……

總之，因為種種因素，本書和特典小說有些許不同的地方，
各位如果願意心照不宣的話我也比較省事。

如此這般，這次也要謝謝以三嶋老師為首的各位參與本書製作的人員，
同時最重要的，更要向拿起本書的所有讀者，致上最深的感謝！

插畫　三嶋くろね

恭喜美好世界短篇集發售！
其中我最喜歡的，是達克妮絲變弱的那一篇故事，
所以能夠以書本的形式再次看到真的很高興！
是個普通的千金大小姐耶……！

為美好的世界獻上祝福！繞道而行！
YORIMICHI!

國家圖書館出版品預行編目資料

為美好的世界獻上祝福!繞道而行! / 暁なつめ作 ; kazano譯.
- 初版. -- 臺北市 : 臺灣角川股份有限公司, 2021.01
面 ; 公分. -- (Kadokawa fantastic novels)
譯自 : この素晴らしい世界に祝福を！よりみち！
ISBN 978-986-524-170-4(平裝)

861.57 109018303

Kadokawa
Fantastic
Novels

為美好的世界獻上祝福！ 繞道而行！

（原著名：この素晴らしい世界に祝福を！よりみち！）

2021年1月20日 初版第1刷發行
2024年3月22日 初版第4刷發行

作者：暁なつめ
插畫：三嶋くろね
譯者：kazano

發行人：台灣角川股份有限公司
總監：呂慧君
總編輯：蔡佩芬
主編：林秀儒
副主編：楊鎮遠
設計指導：陳晞叡
印務：李明修（主任）、張加恩（主任）、張凱棋

發行所：台灣角川股份有限公司
地址：104台北市中山區松江路223號3樓
電話：（02）2515-3000
傳真：（02）2515-0033
網址：www.kadokawa.com.tw
劃撥帳戶：台灣角川股份有限公司
劃撥帳號：19487412
法律顧問：有澤法律事務所
製版：尚騰印刷事業有限公司
ISBN：978-986-524-170-4